PRIX : 50 CENTIMES

LIBRAIRIES DE MICHEL LÉVY FRÈRES
RUE VIVIENNE, 2 BIS ET BOULEVARD DES ITALIENS, 15
À LA LIBRAIRIE NOUVELLE

PRIX : 50 CENTIMES

LE
CLOS-POMMIER
DRAME EN CINQ ACTES
PAR
AMÉÉE ACHARD & CHARLES DESLYS
REPRÉSENTÉ POUR LA PREMIÈRE FOIS, À PARIS, SUR LE THÉATRE DE LA GAITÉ, LE 1er JUIN 1865

DISTRIBUTION DE LA PIÈCE

LE PÈRE GLAM, garde champêtre. M. J.-B. DESHAYES.	BLAISOT, garçon de cabaret, puis de ferme.................... ALEXANDRE.
CATHERINE, sa fille............ Mme JULIETTE CLARENCE.	MARGOT, fille de basse-cour..... Mlle LOVELY.
HENNEBAUT, maire de village.... MM. PERRIN.	ROQUEBERT, brigadier de gendar-
PACOME, son fils............... PAUL DESHAYES.	merie .... M. LEMAIRE.
SIMON, marin................. MONTAL.	LA MÈRE SOISY............. Mmes RICHER.
PELAVOIX, huissier........... LACROIX.	UNE MENDIANTE.............. SOUTON.
GERVAIS.................... COLLEUILLE.	PAYSANS ET PAYSANNES.

— Tous droits réservés. —

ACTE PREMIER

Une place de village ; à droite un cabaret devant lequel plusieurs tables ;
à gauche, la maisonnette de Pelavoix.

SCÈNE PREMIÈRE

PELAVOIX, BLAISOT, sur une échelle ; il achève de clouer l'enseigne de l'huissier. — Aux tables du cabaret, joueurs de cartes, de dominos ; au fond joueurs de boules, puis GERVAIS.

UN JOUEUR DE CARTES. Sept... et quatorze que j'avions... gagné !
UN JOUEUR DE DOMINOS. Blanc et cinq... tu boudes ?... cinq partout... double cinq et domino...
UN JOUEUR DE BOULES. Gare les jambes !

BLAISOT, sur l'échelle, à Pelavoix. C'est y comm' ça ?...
PELAVOIX. Parfait !...
VOIX DIVERSES. Oh hé ! ho ! et ce café !... de la bière, une moque... une topette... oh hé !
GERVAIS, sortant du cabaret. Voilà ! voilà !... mais où donc est cet animal de Blaisot... (Appelant.) Blaisot !
BLAISOT. Présent, patron ! (Il se cogne sur les doigts.) Aïe ! aïe !...
GERVAIS. Que diable fais-tu donc là ?
BLAISOT. Vous voyez !... je me cogne sur les doigts... tout en cloutant l'enseigne la boutique de M. Pelavoix, notre nouveau voisier.
PELAVOIX, avec importance. Tu veux dire mon étude et mes panonceaux. Pardon, monsieur Gervais, c'est moi-même qui ai réclamé de votre garçon cette petite complaisance... vous permettez ?

GERVAIS. Comment donc !... (A part.) Sa complaisance, j'aurai plus d'une fois besoin de la sienne.

BLAISOT, descendant de l'échelle. Là... ça y est... vous n'avez plus dorénavant qu'à attendre vos pratiques.

PELAVOIX. Mes clients... (Lui donnant une pièce de monnaie.) Tiens...

BLAISOT. Merci tout de même, monsieur Pelavoix.

PELAVOIX, fièrement. Maître Pelavoix. (Cris des buveurs.)

GERVAIS, à Blaisot. Allons vite... sers maintenant ces messieurs... (Les cris redoublent.)

BLAISOT. Voilà ! voilà ! (A part et serrant l'argent.) Ce sera pour elle !... tout pour elle !... (Cloche.)

GERVAIS. Le troisième coup des vêpres... minute !... les joueurs de cartes et de dominos dans l'intérieur de l'éta-blissement... les joueurs de boules derrière la maison, dans le verger... et plus de cris... plus rien qui puisse s'entendre ou se voir du dehors... c'est l'ordonnance de M. le maire. (Sur ces derniers mots les buveurs s'éloignent.)

PELAVOIX, à Gervais. M. Hennebaut, n'est-ce pas ?

GERVAIS. Oui, mais vous devez déjà l'avoir vu...

PELAVOIX. Pas encore, c'est presque spontanément que je viens d'acheter cette charge, devenue vacante par suite du décès de son titulaire. M. Hennebaut se trouvait absent lors de ma première visite, et ce jourd'hui, veille de mon instal-lation solennelle, je n'ai pas encore eu l'honneur de me ren-contrer avec lui.

GERVAIS. Ayez de cela, cet honneur-là ne vous faillira point. Le père Hennebaut ne tardera guère à vous donner de la besogne, allez. L'huissier du pays, c'est comme qui dirait son bras droit.

PELAVOIX. Ah ! ah ! il est processif ?

GERVAIS. En diable ! lui et son fils Pacôme, c'est les deux plus normands de tous les normands de la Normandie. De plus, prêtant à tout un chacun, mais à fort intérêt et sur bonne garantie, s'entend. Pour un seul jour de retard à l'échéance... crac !... aussitôt les fers au feu, comme ils disent. Oh ! oh ! vous pouvez tailler vos plumes et faire provision de papier marqué. Si l'on mettait à la queue leuleu, tout celui qu'ils ont fait griffonner par votre prédécesseur, il y en aurait jusqu'à Rouen, peut-être même plus loin !

PELAVOIX. Et dites-moi, très-riches ?

GERVAIS. Comme deux Crésus. Ils ont des écus dans tous les coins, et de la terre dans tous les cantons : Dives, Pont-L'Évêque, Honfleur, Dozulé...

BLAISOT, qui paraît derrière eux pour aller rechercher l'échelle. C'est là qu'elle respirions !... ah !... Dozulé eh !...

GERVAIS. Tiens ! qu'est-ce qu'il a donc celui-là ?

BLAISOT. Faites pas attention... c'est un soupir, à propos d'un souvenir.

PELAVOIX. Un souvenir de quoi ?

BLAISOT. Le souvenir de Margot... une belle et bonne jeunesse, la plus lourde et la plus rouge de tout Dozulé, d'où ce que nous sommes nés natils tous les deusses. Elevés porte à porte, un tantinet cousine et cousin, ensemble nous avons grandi, ensemble nous avons gaminé, fané, moissonné, cueilli les pommes, brassé, dansé... Toujours Margot et Blaisot partout Blaisot et Margot... Bref, nous nous aimions ben, Margot et moi... moi et Margot... voilà.

GERVAIS. Après ?

BLAISOT. Vous m'avez débauché, mon parrain ; je suis venu chez vous par ambition... croyant y trouver la fortune... qui ne m'arrive guère... et je languis de revoir Margot, de respirer le même air qu'elle, d'en recevoir et de lui donner des grands coups de poing, dans le dos... Oh ! des coups de poing dans le dos c'est ça une douceur...

GERVAIS. Allons... c'est assez... laisse-nous, imbécile...

BLAISOT, s'en allant avec son échelle. Imbécile... soit... mais c'te séparation-là ne peut plus durer, voyez-vous ; faut que je retourne là-bas, ou qu'elle vienne ici... faut que nous nous retrouvions ensemblement, comme deux pigeons du même colombier... sans quoi de quoi j'en mourrai... et elle aussi pareillement, j'en suis ben certain... n'est-ce pas, Margot, ma pauvre Margot... Ah !

SCÈNE II

PELAVOIX, GERVAIS, puis HENNEBAUT.

PELAVOIX. Vous disiez donc que je puis compter M. Hen-nebaut comme l'un de mes meilleurs clients à venir ?

GERVAIS. Comme le meilleur... mais... faut tout d'abord qu'il vous trouve plaisant, à sa guise... et c'est pas chose commode, je vous en préviens. (Hennebaut paraît comptant sur ses doigts.)

PELAVOIX. Ah ! ah ! il est exigeant...

GERVAIS. Très-exigeant, le père Hennebaut... et de plus soupçonneux, âpre au gain, jaloux de son avoir, dur à tous, pingre, avaricieux, despote... un hérisson, quoi... un chien hargneux...

HENNEBAUT. Eh ben... toi... merci... c'est comme ça que tu m'arranges...

GERVAIS. Lui !

PELAVOIX. Monsieur Hennebaut... (Il met ses gants.)

GERVAIS. Pardon, père Hennebaut... je ne vous savais pas là.

HENNEBAUT. Je le cré ben... calomniateur... ingrat... que j'ai obligé si souvent, par pure bonté d'âme, et qui me redoit encore d'hier... les intérêts de son dernier billet en souffrance... Tais-toi ! je te dis que c'est honteux, révol-tant... (Se retournant vers Pelavoix.) N'est-il pas vrai, mon-sieur ?... (Ne le reconnaissant pas.) Monsieur ?...

GERVAIS. Pelavoix... le successeur de...

HENNEBAUT, examinant Pelavoix qui salue. Ah ! ah ! le nouveau vuissier... il est bien jeune.

PELAVOIX.

« Je suis jeune, il est vrai, mais aux âmes bien nées
« La valeur n'attend pas le nombre des années. »

HENNEBAUT. Plaît-il ?

PELAVOIX. C'est du Cid.

HENNEBAUT. Du cidre... vous dites ?

PELAVOIX. Que je m'estime très-heureux de cette rencon-tre, monsieur.

HENNEBAUT. Moi de même, monsieur... faut que je vous cause...

PELAVOIX, indiquant sa maison. Si vous voulez me faire l'honneur...

HENNEBAUT, l'arrêtant. Minute, donc ! quand on entre chez un gens de loi, on s'engage, et vaut mieux tout d'abord faire un brin connaissance. Nous allons prendre un café... (Indi-quant une des tables du cabaret.) Là... (A Gervais.) Tu m'entends ?

PELAVOIX. Chez moi, non.

HENNEBAUT. Soit... mais à une condition, c'est que ça ne m'engagera à rien, et que c'est moi qui régale.

PELAVOIX. Ah ! monsieur, je ne souffrirai pas...

GERVAIS, bas. Quand il s'agira de payer... c'est lui qui payera tout de même.

HENNEBAUT. Tu dis ?...

GERVAIS. Moi ?... rien... j'vas cri le café, n'est-ce pas ?

HENNEBAUT. Oui... va...

SCÈNE III

HENNEBAUT, PELAVOIX.

HENNEBAUT. Il est bien poli, bien monsieur, pour un vuissier, ça m'est suspect.

PELAVOIX. Monsieur...

HENNEBAUT. Un instant ! un instant ! permettez donc au moins qu'on vous relique...

PELAVOIX, embarrassé. Monsieur, je...

HENNEBAUT. Après ?

PELAVOIX. J'ai fait mes études au collège de Lisieux... des études brillantes, j'ose le dire.

HENNEBAUT. Peuh !

PELAVOIX. Ensuite, je suis entré chez maître Briavoine, huissier audiencier dans cette même ville.

HENNEBAUT, avec plus de satisfaction. Un rude praticien, connu...

PELAVOIX, avec plus d'assurance. C'est sous cet illustre maître que j'ai complété l'apprentissage de mon futur ministère, et je puis l'affirmer avec un légitime orgueil, personne ne pour-rait m'en remontrer, tant sous le rapport du code que rela-tivement à la coutume normande. Ah ! mais non !

HENNEBAUT. Tout ça c'est parfait pour une grande ville... mais dans un petit pays comme le nôtre, il faut autre chose encore...

PELAVOIX. Quoi donc, monsieur ?

HENNEBAUT. D'abord, être des plus ingambes, afin de por-ter soi-même ses actes à droite, à gauche, dans les hameaux, dans les fermes, et vivement. Etes-vous vif ?

PELAVOIX, montrant ses jambes. Mais je crois bien...

HENNEBAUT. Oui, quant aux jarrets, ça m'a l'air satisfai-sant, mais c'est pas tout encore... pour être un bon vuissier y faut de la tête... pas de cœur... et de la poigne.

PELAVOIX. Ah ! bah !

HENNEBAUT. C'est comme j'ai celui de vous le dire. Le mauvais payeurs, de ce côté-ci, ne sont point commodes e ne ménagent guère les vuissiers. Il y en a d'aucuns qui le menacent, d'aucuns qui les tarabustent et même parfois d'aucuns qui les assomment. Ah! dame... ça s'est vu. Faut-être nerveux. Êtes-vous nerveux?

PELAVOIX. Excessivement nerveux. Mettez-moi à l'épreuve, et...

HENNEBAUT. Bien dit ça! c'est avec du caractère et de la volonté qu'on fait son chemin. Moi, qui vous parle, jeune homme, je n'ai pas toujours été riche, mais j'étais laborieux, économe, tenace, inflexible, et quand un nouveau lopin de terre me faisait envie, je ne le perdais pas des yeux, je le guettais, je le guignais, je le traquais, je le voulais, et je l'avais. C'est ainsi qu'on arrive.

SCÈNE IV

LES MÊMES, GERVAIS, puis GLAM et ROQUEBERT.

GERVAIS, passant avec un plateau. Voilà le café. (Il entre chez Pelavoix.)

HENNEBAUT. Allons!

ROQUEBERT, à Glam. Allons... allons donc, que diable! du courage.

GLAM. Eh bien... non, brigadier, c'est plus fort que moi.

HENNEBAUT. Ah! c'est vous, père Glam.

PELAVOIX. Notre garde champêtre?

HENNEBAUT. Oui... (A Glam.) Eh bien, ce procès-verbal, est-il fait?

GLAM. Voyons, monsieur Hennebaut, voyons, je vous en prie encore... Cette pauvre mère Soisy est si misérable, et somme toute, sa vache a fait si peu de tort à votre pré.

HENNEBAUT, très-brusquement. A d'autres! je n'entends point de c'tte oreille-là... j'ai dit que je voulions... et je voulons!...

GLAM. C'est mon devoir de vous obéir, j'obéirai... mais sachez-le, ça me cause presque autant de tristesse que lorsque mon fils a péri en mer. (Il remonte avec le brigadier.)

PELAVOIX. Pauvre homme!

HENNEBAUT. Pauvre... oui... c'est le mot... et cependant il avait du bien... mais c'est tout le contraire de moi... trop de complaisance pour autrui, trop de générosité, trop de faiblesse...

PELAVOIX. Effectivement, il a l'air d'un bien brave homme!

HENNEBAUT. Ah! si vous mollissez déjà...

PELAVOIX. Comment est-ce que se serait contre lui que...

HENNEBAUT. Peut-être... Pacôme du moins m'en a touché deux mots... je ne sais pas trop pourquoi... mais quand il s'est bouté quelque chose en tête, Pacôme, c'est encore pire que moi. Faut que tout le monde lui cède (Avec dépit), même son père.

GERVAIS, ressortant. C'est servi.

HENNEBAUT. Payons!

PELAVOIX. Ah! je vous en prie...

HENNEBAUT. Ah!... mais si après ça vous y tenez absolument... mais c'est bien pour vous faire plaisir...

GERVAIS. Qu'est-ce que je disais?...

PELAVOIX. C'est combien?

GERVAIS. Vingt sous pour le café.

PELAVOIX, lui donnant une pièce de cinq francs. Prenez en outre mon déjeuner de ce matin et la nourriture du cheval.

GERVAIS. En ce cas, trois francs cinquante, mais je n'ai pas de monnaie.

HENNEBAUT. J'en ai, moi... donne?

ROQUEBERT, qui redescend avec Glam. Faut s'exécuter... la consigne.

HENNEBAUT, à Pelavoix. Tiens, voici les trente sous qui reviennent à monsieur. (A Gervais.) Quant à toi, trois francs cinquante centimes. (Les remettant dans sa bourse en cuir.) Ça sera ça de moins sur ton compte.

GERVAIS, à part. Pingre, va!...

HENNEBAUT. Et vous, père Glam, que ce procès-verbal soit prêt lorsque je ressortirai d'ici, dans un quart d'heure... je le veux!... Et voilà comme il faut se comporter, monsieur Pelavoix. C'est comme ça qu'on fait ses affaires. (Ils disparaissent tous les deux.)

ROQUEBERT. Monsieur Gervais, faites-nous apporter ici, sur cette table, comme qui dirait une plume et de l'encre.

GERVAIS, rentrant dans le cabaret. Avec plaisir, brigadier.

SCÈNE V

GLAM, ROQUEBERT.

ROQUEBERT. Vous vous êtes muni d'un timbre, père Glam?

GLAM. Eh oui!... je viens d'en acheter un chez l'épicier. (Le jetant sur la table.) Le voici... Pauvre mère Soisy, va! et pour deux poignées d'herbe!

ROQUEBERT. Il n'y en a pas moins délit.

GLAM. Je l'avais bien vue du coin de l'œil, la vache, mais je pas sais en sifflant, quand le père Hennebaut m'a appelé. Fallait bien répondre... La vieille a supplié... pleuré... rien de rien... et je m'en suis revenu tellement ému que j'ai manqué une imbécile de margot qui passait au bout de mon fusil!... Ah! tenez, je n'étais pas fait décidément pour être garde champêtre.

ROQUEBERT. Bah!... bah! c'est sans comparaison comme dans la gendarmerie. Toutefois et quantes on est obligé de sévir contre un malheureux, la consigne ne prohibe point la sensibilité et il est permis de lui glisser, en cachette, une pièce blanche.

GLAM. Vous l'avez fait plus d'une fois, brigadier... je le sais... Et ce père Hennebaut aussi, le sait ben... ce qui lui fait dire de vous comme de moi : est-il bête!

ROQUEBERT. Laissons-lui son idée. Il y a quelqu'un là-haut qui s'y connaît mieux que lui, et qui pour chacune de ces bêtises-là nous porte à l'ordre du jour.

GLAM. Possible... mais à force d'obliger des amis, des voisins, des ingrats, je ne m'en suis pas moins ruiné... et j'avais des enfants, moi... je suis un mauvais père.

ROQUEBERT. Halte-là, père Glam!... En l'absence de votre fille Catherine... je ne souffrirai point que vous vous asticotiez... Donc trêve aux épithètes... vieux fou.

GLAM. Fou... oui... j'ai quelquefois peur de le devenir, quand je songe que le Clos-Pommier, notre seul asile, sera peut-être bientôt à la merci de cet homme!

ROQUEBERT. Hennebaut! c'est donc vrai que vous devez de l'argent et que...

GLAM. Chut!...

SCÈNE VI

LES MÊMES, BLAISOT.

BLAISOT. Voici l'encre et la plume demandées. (Regardant la plume.) une plume qui a quasiment des moustaches comme un grenadier.

GLAM. Merci, Blaisot; mais dis-moi, n'as-tu point vu ma fille?

BLAISOT. Mademoiselle Catherine, non... mais je sais où elle est, allez...

GLAM. Où donc?

BLAISOT. Eh! pardine, à l'église... quand elle ne travaille point, elle prie... une vraie fille du bon Dieu, quoi... si bonne, si avenante... (Sortant.) Ah! ça me rappelle encore Margot!... quoique moins en couleur et pas si grosse!...

SCÈNE VII

GLAM, ROQUEBERT.

ROQUEBERT. Vous disiez donc?... que le père Hennebaut...

GLAM. Parlons pas de ça, brigadier, je vous en prie.

ROQUEBERT. Suffit... Revenons au procès-verbal... (Mouvement de Glam.) Allons... voyons... je connais la chose et je me charge de confectionner la rédaction, militairement parlant; vous n'aurez plus qu'à parapher, ça va-t-il?

GLAM. Avec d'autant plus de plaisir que c'est ordinairement Catherine qui me rend ce service-là. Ah! bedame! c'est qu'elle est instruite, ma Catherine!

ROQUEBERT. Je crois bien... une élève du couvent de Lisieux... et qui était sergent dans la compagnie des demoiselles.

GLAM. Oui... malheureusement ça n'a pas pu durer... il a fallu redevenir paysanne. Bien d'autres à sa place se seraient désespérées... mais pas Catherine. Bravement et galment elle rentra au Clos-Pommier. Dès le lendemain, adieu les robes de ville et la fine chaussure. Des sabots, de la grosse toile... et faut voir comme elle soigne tout à la maison, depuis le linge plié proprement dans l'armoire, jusqu'à la marmite qui chante dans le feu. Elle aussi elle chante, tout en faisant voltiger les fuseaux sur le coussinet de serge verte. Ah! Blaisot disait bien la vérité tout à l'heure; au travail, toujours au travail, et mêmement qu'elle en abîme ses pauvres chers yeux. « C'est pour moi que je fais de la dentelle, mon père; ce sera pour plus tard, quand nous reviendra la fortune. » Ah! oui... je t'en souhaite. Je suis bien certain qu'elle la vend, sa dentelle, pour la dépense de notre pauvre petit ménage auquel ne puis plus suffire, malgré les émoluments de cette place de garde champêtre, que je remplis en bonne conscience, Dieu le sait! mais que je maudis lorsqu'elle me force à devenir l'instrument de ce misérable Hennebaut. (Frappant sur la table.) Oh! cet Hennebaut... cet Hennebaut! je le déteste!

ROQUEBERT. Bon, un pâté! Saperlotte, père Glam, mais vous me faites écrire comme un conscrit!... Nous disions donc, la vache à la femme Soisy pâturant illicitement dans le susdit herbage...

GLAM, se levant. Oui... oui... et dire qu'autrefois je lui préférais son frère, mon pauvre Fulgence... (Se tournant vers la maison de Pelavoix.) Ah! celui-là aussi, M. Hennebaut, vous l'auriez traité d'imbécile!... Etant au service, toutlà-bas, dans les mers du Sud, au milieu d'une tempête, il s'est jeté au secours de marins en perdition que les vagues l'ont brisé contre les récifs... Ah! mon fils... mon enfant, mon pauvre enfant, si ce n'était pas de ta sœur je me moquerais pas mal du reste, va... et je serais content pourvu qu'on me laissât les chères reliques qui me viennent de toi, ta dernière lettre d'adieu, tes boucles d'oreilles et ta montre d'argent, ta vareuse et ta chemise de laine encore toutes tachées de ton sang !

ROQUEBERT. Ah! c'est trop fort à la fin, père Glam, voilà que vous me faites pleurer sur le papier timbré.. une averse, quoi...

GLAM. Je ne dis plus rien... pardon... mais je ne sais pas ce que j'ai aujourd'hui... c'est les nerfs... ah! que je voudrais donc embrasser Catherine ou Jean Simon.

ROQUEBERT. Jean Simon... encore un brave cœur celui-là ! et qui aurait pu être gendarme s'il n'avait été matelot.

GLAM. N'est-ce pas ? c'était l'ami, le frère de Fulgence, il était avec lui là-bas, il a tout fait pour le sauver, il m'a rapporté (S'efforçant de ne point pleurer) ce dont je parlais tout à l'heure... Ah! tenez, brigadier, je le considère déjà comme mon fils.

ROQUEBERT. Parbleu! est-ce que vous ne le comptez pas?...

GLAM. Taisez-vous... je vous ai confié ma secrète espérance... mais motus encore!... Ils s'aiment ces enfants... mais ça ne sait pas... c'est honnête et timide... (Avec un geste narquois à l'adresse d'Hennebaut.) C'est bête! Oh! cependant, il faudra qu'un jour... bientôt... (Cloche.)

ROQUEBERT. Ah! voilà qu'on va défiler la parade de vêpres... ils vont venir...

GLAM, allant vers l'église. Oui... oui...

ROQUEBERT. A présent, passez-moi la revue de ce procès-verbal où ce qu'il y a un pâté... et en avant la signature... mais d'abord lisez...

GLAM. Ah! vous croyez que?... les voilà... les voilà !...

SCÈNE VIII

LES MÊMES, CATHERINE, SIMON, LA MÈRE SOISY, PAYSANS, PAYSANNES, sortant des vêpres.

GLAM. Rien que de les voir ainsi tous les deux, ça me remet de la gaîté plein le cœur... je ris... et ce rire-là... voyez-vous bien, brigadier... après les larmes, c'est comme un rayon de soleil...

ROQUEBERT. Après la pluie !...

CATHERINE, à la mère Soisy. Oui, oui, bonne mère Soisy, je me charge d'intercéder pour vous... mais... (Elle la prend à l'écart.)

SIMON, qu'elle vient d'éloigner. Eh! bonjour, papa Glam... monsieur le brigadier...

TOUS DEUX, lui donnant la main. Bonjour, Simon, bonjour.

CATHERINE, bas à la mère Soisy. Demain, à la ville, vous me vendrez cette voilette de dentelle...

LA MÈRE SOISY. Combien?

CATHERINE. Ce qu'on vous en donnera... j'ai besoin d'argent... (Mouvement de la mère Soisy.) Mais ça ne vous empêche pas de prélever sur le prix un bonnet pour votre petite fille... je le veux...

LA MÈRE SOISY. Bonne Catherine...

GLAM. Eh-ben, fillette?

CATHERINE, vivement. Chut!... mon père... (La mère Soisy s'éloigne.)

GLAM. Tu ne viens pas m'embrasser?

CATHERINE. Si fait, père... et bien volontiers... mais qu'avez-vous donc?

GLAM. Moi, rien... c'est...

ROQUEBERT. C'est ce procès-verbal qu'il lui faut enjoliver de son paraphe et ça te chiffonne un peu...

CATHERINE, qui parcourt le papier en même temps que Simon. Je sais ce que c'est, mais je viens de promettre à la mère Soisy de demander sa grâce.

GLAM. A M. Hennebaut?

CATHERINE. Naturellement.

GLAM. Il est là... mais à parler franc, je doute fort...

ROQUEBERT. J'ai idée, moi, qu'il y aurait meilleure chance si mademoiselle Catherine s'adressait à Pacôme.

SIMON. Vous croyez?

GLAM. Tiens, pourquoi donc ça?

CATHERINE. Effectivement, il m'accueille toujours très-bien... et quoiqu'il passe pour un peu bourru, j'ai comme

un espoir qu'il ne me refusera point... C'est près d'ici, si j'y allais tout de suite ?

SIMON. Voulez-vous que je vous accompagne, Catherine?

CATHERINE. Non, il vaut mieux que je l'aborde toute seule.

SIMON. Cependant...

CATHERINE. Que craignez-vous ?... ma bonne intention me servira d'escorte, et me portera bonheur. Restez avec mon père, Simon, conduisez-le, comme d'habitude, à son jeu favori des dimanches, à sa chère partie de boules... mais après qu'il aura signé...

GLAM. Ah! tu veux nonobstant...

CATHERINE. Sans doute... donnez toujours satisfaction à M. Hennebaut ça ne fera que le rendre moins rétif au meilleur vouloir de son fils, si toutefois le bon Dieu me permet de l'obtenir. J'y cours et je reviens. Attendez-moi tous les deux. A bientôt, Simon... au revoir, père, au revoir. (Elle sort.)

SCÈNE IX

LES MÊMES, moins CATHERINE, puis HENNEBAUT, et PELAVOIX, des buveurs sortent du cabaret ; on forme une ronde au fond, tableau animé.

GLAM, envoyant des baisers à sa fille qui disparaît. Au revoir, ma mignonne chérie. (Se retournant vers Roquebert.) Et vous, brigadier, donnez, que je signe.

ROQUEBERT. Ah! vous obtempérez donc, maintenant...

GLAM. Pardine ! puisqu'elle le veut... l'obéissance avec elle c'est tout plaisir.

PELAVOIX, reconduisant Hennebaut. Croyez que je me rendrai digne...

HENNEBAUT. C'est bien, nous verrons... restez... restez...

GLAM. C'est fait...

HENNEBAUT, à Glam Ce procès-verbal?

GLAM. Le voici, monsieur. (Se retournant vers ses amis.) Et maintenant puisqu'elle l'a dit, pour nous ragaillir tout à fait, au jeu de boules, les enfants.

ROQUEBERT et SIMON. Au jeu de boules. (Ils sortent.)

SCÈNE X

HENNEBAUT, LA RONDE, puis PACOME à cheval avec MARGOT, en croupe.

HENNEBAUT. Tiens! tiens... qu'est-ce qu'il a donc à faire le fier maintenant. (Serrant le procès-verbal dans sa poche.) C'est bien ça... (Regardant à sa montre.) Mais l'heure est passée depuis longtemps où mon fils Pacôme devait s'en revenir de la foire à Dozulé.

LA RONDE.
En revenant de noce,
J'étais ben fatigué,
Au bord d'une fontaine
Je me suis reposé,
Tra la, la.

Au bord d'une fontaine
Je me suis reposé,
L'eau en était si claire
Que je m'y suis baigné,
Tra la, la.

PACOME. Holà... hé!... les danseurs, gare que je passe...

UN PAYSAN, avec humeur, le reconnaissant et avec un certain respect. C'est Pacôme ! le beau Pacôme.

PACOME. Eh ben... quoi... oui... c'est moi... le roi des malins et le fort des forts. (Sautant à bas de cheval.) Ça va ben... pas mal et vous, mon père...

HENNEBAUT. Comme tu vois, mon gaillard.

UN PAYSAN. Il lui faut toujours le mitan du chemin à celui-là.

UN AUTRE. Tiens, le fils de l'adjoint.

HENNEBAUT, montrant Margot. Mais qu'est-ce que tu amènes donc là?

PACOME. Une servante... parguienne ! Est-ce que je ne devais pas en embaucher une à la touée de Dozulé. Approche, la fille, viens montrer que je n'ai pas eu la main malheureuse...

MARGOT, approchant et bas. Bon cheval, mais un peu dur.

PACOME, frappant sur une table avec son bâton. Eh là-bas, à la maison, deux cafés vivement... ça vous arrange, n'est-ce pas, mon père?

HENNEBAUT, qui examine la fille. Toujours...

PACOME. Hein ! j'espère que c'est ça, quelle santé! quelles couleurs... et quelles dents... Ris donc un peu pour voir?

MARGOT, riant. Hé! hé! hé!

PACOME. Quand je vous le disais... et des bras... ça doit être fort comme un Turc?

MARGOT. Comme un Turc... je sais pas... mais comme un bœuf, ah! oui!...

PACOME, à Margot. Tourne-téci... c'est y bâti.. c'est y bâti... (Elle obéit.) Enfin, n'y a pas mieux, c'est positif... et deux pistoles au-dessous du cours... Elle voulait venir absolument dans le canton de Dives... une idée fixe...

MARGOT, se retournant. Nous y sommes t'y.., hein... dans le canton de Dives?

PACOME. Oui... (Elle regarde vivement autour d'elle.) Que cherches-tu donc?

MARGOT. Moi, je... (Sa figure, s'épanouit tout à coup en apercevant Blaisot, qui sort du cabaret.)

BLAISOT. Margot! (Il laisse tomber le plateau.)

PACOME, riant. Patatras...

MARGOT. Blaisot!

BLAISOT, courant à elle. C'est toi !...

MARGOT. C'est moi... c'est toi?

BLAISOT. C'est moi !... (Lui donnant une poussée.) Hohé ! Margot!

MARGOT, idem. Hohé... Blaisot ! (Ils rient tous deux.)

BLAISOT, se frottant l'épaule. Oh ! que c'est bon !

PACOME. Mais voilà donc pourquoi elle rabattait elle-même de deux pistoles pour entrer chez nous.

BLAISOT. J'en rabats de deux à mon tour, si vous voulez m'y prendre.tou...

HENNEBAUT. On pourra voir... (Murmure général.)

BLAISOT. Ah! mais c'est comme ça... des folies... l'amour !... (On rit.)

HENNEBAUT, à Pacôme. L'amour... Ah! ah! ça ne te tient guère, toi, Pacôme.

PACOME. Moi, je... ne laissons pas refroidir le café... buvons. (La ronde se reforme.)

BLAISOT, à Margot. Nous revoilà donc ensemblement.

MARGOT. Dans le même pays...

BLAISOT. Dans la même air...

MARGOT. Dans la même maison peut-être...

BLAISOT, rompant la chaîne pour prendre place. Et en attendant dans la même ronde.

MARGOT, chantant.
L'eau en était si claire
Que je m'y suis baigné.
BLAISOT, de même.
A la feuille d'un chêne
Je m'y sui-i-essuyé ,
Tra la, la.

PACOME, à Hennebaut, lui indiquant la topette. Faites votre gloria, mon père...

HENNEBAUT. Après toi...

MARGOT.
Sur la plus haute branche
Le rossignol chantait.
BLAISOT.
Chante beau rossignol
C'est que t'as le cœur gai.

(Parlé.) Et moi aussi... Baise-moi, Margot... Enlevé...
Tra la, la.
(La ronde s'éloigne et disparaît.)

SCÈNE XI
PACOME, HENNEBAUT.

PACOME, présentant encore sa topette. Un brin de consolation, s'il vous plaît?

HENNEBAUT. Volontiers... Mais dis-moi.. à c'tte foire, tu n'as pas acquéri que la Margot, je pense.

PACOME. Oh ! que nenni! J'ons acheté une paire de grands bœufs.

HENNEBAUT. Et tu les as payés?...

PACOME. Pas cher... et dès qu'ils auront tant seulement graissé dans nos herbages, nous y gagnerons pour le moins cent écus...

HENNEBAUT, allumant sa pipe. Cent écus!... Tiens décidément t'as d'la chance, Pacôme, les meilleurs marchés, c'est toi qui les conclus, les prix de toute sorte dans les assemblées, c'est toi qui les gagnes. Tu es le mieux portant, le plus robuste et le plus beau de tout le canton. Ah! c'est pas pour dire, il y a de l'orgueil à être ton père. Qué fier gars! aussi tous les ceux de ton âge te jalousent, et toutes les filles te font les yeux doux ; non, là, vrai... tu n'as qu'à te baisser pour en prendre.

PACOME. Mais oui... Je ne me plains pas de mon sort. (Présentant la topette.) Le pousse-café?

HENNEBAUT. A propos de ça, as-tu vu la fille du bonhomme Girard?...

PACOME. Je l'ai vue...

HENNEBAUT. Un beau brin de fille, et qui aura un jour trente mille écus de bonnes terres, sans compter l'argent comptant, car le père est comme nous, il a toujours quelques gros sacs bien gonflés pour les bonnes occasions. Tu lui as parlé?

PACOME. Oui.

HENNEBAUT. Ainsi qu'au père ?

PACOME. Tout de même,

HENNEBAUT. Eh ben, après ?...

PACOME. Eh ben, mon père, la fille au bonhomme Girard ne me va pas.

HENNEBAUT. Encore! mais tu es plus difficile à marier que le clocher de Bayeux!... C'est la troisième dont tu ne veux pas... As-tu bien réfléchi, mon gars? Trente mille écus, un père mal portant, c'est fameux. Une fille plantée comme un chêne et droite comme un peuplier...

PACOME. Je ne dis pas, mais c'est ainsi... La rincette ?

HENNEBAUT. Il faudra pourtant bien que tu te maries quelque jour ..Quand te décideras-tu ? une maison où il n'y a pas de femme, ça va mal, si bien que ça aille...

PACOME. Eh ben, père, je suis tout décidé, et la noce se fera quand tu voudras plus vite que vous ne pensez.

HENNEBAUT. Vrai !...

PACOME. Aussi vrai que je m'appelle Pacôme. La surrincette ?

HENNEBAUT. Tope-là, mon gars, et parle vite. Tu es plus finaud que je ne croyais, Voyons ? Est-ce que je te connais, celle que tu as choisie. C'est-y la fille du vieux Royan, ou bien la celle au père Langlois, qui a tant de bœufs dans son herbage... hein ?

PACOME. Chut. Voici quelqu'un.

SCÈNE XII
LES MÊMES, CATHERINE.

HENNEBAUT. Tiens ! la Catherine.

CATHERINE, embarrassée. Tous les deux.

HENNEBAUT. Hé! la Catherine, si tu cherches ton père, il est par là...

CATHERINE. Faites excuse, monsieur Hennebaut, c'est à vous-même, et aussi à monsieur Pacôme...

PACOME, qui met une mèche à son fouet. De quoi s'agit-il, Catherine? parlez ..

CATHERINE. C'est à propos de la mère Soisy.

HENNEBAUT. Encore... Ah ! je sais...

PACOME. Mais pas moi... Je demande à savoir.

HENNEBAUT, lui donnant le procès-verbal. Lis...

CATHERINE. Cette pauvre mère Soisy. Oh! c'est pas sa faute assurément, si sa vache a mangé une poignée d'herbe sur un bout de pré à vous.

HENNEBAUT. Un bout de pré!.., une poignée d'herbe!... que dites-vous-là... la vache a piétiné par tout, et m'a saccagé l'herbage que c'en est pitié. Est-ce qu'elle ne mordait pas à même la haie ? Il y en a bien pour dix écus de dégâts...

CATHERINE. Dix écus, soit, c'est beaucoup pour les Soisy qui sont pauvres... ce n'est rien pour les Hennebaut...

HENNEBAUT. Certainement que nous avons un peu de bien, mais supristi, nous le devons à notre travail, et ce n'est pas une raison pour que chacun nous tonde la laine sur le dos.

CATHERINE. C'est possible.., mais retirez le procès-verbal, et la vache n'y reviendra plus.

HENNEBAUT. Non, faut un exemple; c'est la quatrième fois que je fais grâce aux délinquants. Non...la mère Soisy paiera pour tous... C'est dit, c'est dit...

CATHERINE. Monsieur Pacôme...

PACOME, déchire le procès-verbal. Soyez satisfaite, mademoiselle Catherine.

HENNEBAUT, vivement. Eh ben! eh ben ! que fais-tu donc, toi !... une amende de dix écus!...

CATHERINE. Ah! merci, monsieur Pacôme, et comptez sur la reconnaissance de la mère Soisy,

PACOME. J'y tiens pas. Ce que j'en fais, c'est pour vous seule.

CATHERINE. Alors merci pour moi... et pour mon père aussi... je m'en vais bien vite lui porter cette bonne nouvelle... Ah! mais sera-t-il donc content. Merci de tout cœur, monsieur Pacôme.

SCÈNE XIII
HENNEBAUT, PACOME.

PACOME. Hein? est-elle leste... on dirait une perdrix dans un chaume.

HENNEBAUT. Ah çà... je ne te reconnais plus... Pourquoi?...

PACOME. Parce que... Eh! tenez, père, vous me demandiez tout à l'heure celle que je voulais épouser... Eh bien... vous venez de la voir... c'est Catherine...

HENNEBAUT. Catherine!

PACOME. La fille au père Glam.

HENNEBAUT. La Catherine... mais elle n'a pas le sou, la Catherine...tu le sais mieux que personne, puisque nous avons prêté mille écus au père Glam sur la seule propriété qui lui reste, et d'autre part encore, je ne sais plus combien. Voilà un beau parti... une grande fille qui vous a trente-deux dents et rien à mettre dessous.

PACOME. Tout ce que vous me dites-là, je le sais... Je ne me suis pas décidé sans avoir longtemps réfléchi.

HENNEBAUT. Ah! oui, parlons-en; tiens veux-tu que je te dise? Tu auras vingt-neuf ans à Noël, et la Catherine est jolie, voilà tout.

PACOME. Non, mon père, ce n'est pas tout. Que la Catherine me plaise, c'est évident, mais voilà près d'un an que je l'étudie. Je vous dis que c'est la femme qu'il nous faut... Si je dis nous, c'est parce qu'il est aussi bien question de la maison que de moi... Catherine est toujours la première à l'ouvrage. De plus, vaillante et courageuse, sans coquetterie aucune, et point amoureuse de plaisir, comme sont des filles de son âge. On ne voit pas un grain de poussière chez son père. Elle s'entend à tout, et jamais on ne la surprend en conversation avec des garçons du pays derrière les pommiers; elle nous devra tout et ne nous coûtera rien. Catherine a le cœur reconnaissant.

HENNEBAUT. Quelle bêtise!

PACOME. Eh ben, supprimons la reconnaissance et ne voyons les choses qu'au point de vue des intérêts, si vous voulez... Croyez-vous que Catherine ne nous revaudra pas la perte d'une dot, par l'économie qu'elle apportera dans les dépenses de la maison. Vous me parlez de la fille du bonhomme Royan, la mère a pour deux mille écus de dentelle sur sa coiffe, la fille en voudra pour le moins autant. Calculez le reste. Quant à la Girarde, élevée à Caen, dans un beau pensionnat, elle mange des ailes de poulet à faire croire que les poulets devraient la remercier. Voilà une fermière! Quant à la fille au père Langlois, je l'ai surprise l'autre jour à son miroir. Il était onze heures; mademoiselle venait de se lever! Je veux que madame Pacôme se lève dès quand son mari, et ravaude ses bas. Cherchez dans le pays, de Lisieux à Pont-Lévêque, vous ne trouverez pas une fermière comme il y en avait jadis... est-ce vrai?

HENNEBAUT. C'est vrai.

PACOME. Enfin, je suis ombrageux, vous le savez. Je ne veux pas que madame Pacôme aille aux danses du village ni qu'elle coure les foires. Catherine, à qui le père Glam laisse une grande liberté, n'y va jamais; donc de ce côté-là, je suis tranquille. Le dimanche elle raccommodera mes hardes. Allez, mon père, j'ai tout calculé.

HENNEBAUT. C'est bien, je réfléchirai.

PACOME. Non. Puisque vous avez mis en avant la question du mariage, c'est tout de suite qu'il faut répondre.

HENNEBAUT. Répondre...

PACOME. Et catégoriquement, oui ou non?...

HENNEBAUT. Oh! il n'en démordra pas.

PACOME. Comme vous dites. Ai-je votre consentement?

HENNEBAUT. J'ai comme idée que je le refuserai, Pacôme.

PACOME. Je suis majeur. Nous compterons ce qui me revient du côté de ma mère, et je m'en irai vivre autre part.

HENNEBAUT. Tu ferais cela?

PACOME. Et dès demain, foi d'homme!

HENNEBAUT. C'est bien, tu l'épouseras.

PACOME. Merci, mais je vois bien à votre air, que si vous dites oui des lèvres, en dedans vous dites non. Peut-être que vous avez l'espérance de mettre des bâtons dans les roues; n'y comptez pas, et tenez, puisque à présent, pour qu'il n'y ait plus à s'en dédire, je m'en vais annoncer mon mariage à tout le monde.

HENNEBAUT. Y songes-tu?

PACOME. C'est ainsi...

SCÈNE XIV

LES MÊMES, GLAM, ROQUEBERT, SIMON, CATHERINE, GERVAIS, BLAISOT, MARGOT, PAYSANS et PAYSANNES.

PACOME. Arrivez, tous les danseux de ronde... Et toi Gervais, verse-leur du cidre, de la bière, voire même du parfait amour pour le beau sexe...

MARGOT. Du parfait amour, j'en suis...

PACOME. Vous allez trinquer tous. Vous allez boire à la fiancée de Pacôme Hennebaut!

MARGOT. J'y bois!

GERVAIS. Tu te maries donc?

ROQUEBERT. Et avec qui convolez-vous, monsieur Pacôme?

PACOME. Avec...

HENNEBAUT, bas à son fils. Prends garde... il te faudrait au moins son consentement et celui de la fille...

PACOME. Est-ce qu'il pourrait nous refuser?

HENNEBAUT, avec dépit. C'est juste!

TOUS. Mais qui épouses-tu... qui donc?

PACOME. La plus accorte, la plus laborieuse, et la plus sage de tout le canton, Catherine.

ROQUEBERT. La fille au père Glam?

PACOME. Comme vous dites, brigadier.

TOUS. Catherine!

MARGOT, soupirant. A se marie... quê chance!

BLAISOT, la poussant. Ça te viendra itou, puisque je te dis que ça me grille...

PACOME. Pour lors donc à la santé de Catherine Glam, qui sera prochainement madame Pacôme Hennebaut!

GLAM, qui arrive par le fond. Plaît-il... vous dites?...

PACOME. Et parbleu! que j'épouse votre fille... et que vous pouvez m'en remercier, père Glam.

GLAM. Ma fille... est-ce que par hasard elle serait d'accord avec vous?

CATHERINE. Oh! non! mon père, je vous jure...

GLAM. Inutile, je le crois... je comprends... As pas peur.. (A Pacôme.) Par ainsi, c'est de vous-même, comme ça, à brûle-pourpoint, sans façon, que devant tous...

PACOME. Dame!

GLAM. Je conçois, vous vous êtes dit : Je suis très-riche, ils sont pauvres... et ben trop peu osés pour n'avoir pas grande joie d'un pareil honneur.

PACOME. Pas tout à fait ça... mais j'espère.

GLAM. Eh ben! vous vous êtes trompé, monsieur Pacôme Hennebaut... Cet honneur-là je le refuse... et comme un affront à mes cheveux blancs... Taisez-vous!... je n'ai pas fini. Il y a quelque chose au-dessus de la bourse, voyez-vous ben, c'est le cœur... Il y a quelque chose qui vaut mieux que la richesse, c'est le contentement, la sympathie... C'est la dernière volonté d'un frère comme Fulgence... et Fulgence a disposé de la main de sa sœur.

CATHERINE et SIMON. Comment!

GLAM. Oui sans doute... Sachez le donc enfin... C'était dans la lettre que tu m'as rapportée... Le fiancé de Catherine... c'est toi.

SIMON. Moi?

CATHERINE. Mon père!

GLAM. Osez donc soutenir que vous ne vous aimez pas. (Tous deux se jettent dans ses bras.) Et refusez ce baiser-là... qui sera comme qui dirait le gage paternel de vos fiançailles.

PACOME. Oh! vous ne ferez pas cela, non...

GLAM. Qui m'en empêcherait... vous?

PACOME. Peut-être!

GLAM. En ce cas nous verrons, car le mariage aura lieu bientôt.

PACOME. Jamais...

GLAM. Eh ben! pour mieux voir, prends-la tout de suite, Jean Simon... je te la donne. (Il les unit.)

PACOME. Mais souvenez-vous donc...

GLAM. Oui je sais, vous pouvez nous faire beaucoup de mal, et Simon n'est pas plus possédant que nous; mais je m'en moque... et des deux Hennebaut aussi, du père comme du fils...

TOUS DEUX, très-mécontents. Père Glam!

SIMON, s'interposant. Pacôme!

CATHERINE. Mon père!

GLAM. Oui... oui... je m'emporte, et j'ai tort. Retournons au Clos-Pommier, mes enfants, mais la tête haute et le cœur content. Nous serons forts tant que nous serons ainsi réunis tous les trois. (Il les prend chacun par un bras.) Et le bon Dieu aidant, nous serons heureux, car comme dit la chanson :

Les gueux, les gueux
Sont des gens heureux,
Ils s'aiment entr'eux,
Vivent les gueux.

(Rires et approbation ; quelques paysans sortent avec Glam et sa fille.)

SCÈNE XV

LES MÊMES, moins GLAM, CATHERINE, SIMON,

PACOME. Je me vengerai.

HENNEBAUT, se frottant les mains. J'aime mieux ça.

MARGOT. Et dites donc, notr' maître, faut-il décommander les violoneux...

BLAISOT. Adieu la noce!

TOUS, en riant. Adieu la noce!

PACOME, furieux. Silence à tous... Allez-vous-en, ou je cogne! (Rumeur. Requebert les calme et s'éloigne. Dernières railleries.) Oh! ça me bout dans la tête et j'en pleure de rage!

SCÈNE XVI

HENNEBAUT, PACOME, puis PELAVOIX.

HENNEBAUT. Quand je le disais, quelle humiliation!

PACOME. Mon père, depuis combien de temps ce père Glam est-il en retard pour les arrérages de notre hypothèque sur ce Clos-Pommier?

HENNEBAUT. Depuis plus d'un an.

PACOME. Et pour les intérêts des billets protestés?

HENNEBAUT. Six mois au moins.

PACOME. Où sont les titres?

HENNEBAUT. Les titres... mais je les ai remis tout à l'heure au nouvel huissier, M. Pelavoix.

PACOME. Pelavoix... (Allant à la maison.) Monsieur Pelavoix!...

HENNEBAUT. Mais que vas-tu faire?

PACOME. Vous allez voir... Oh! oh! la Catherine et le Simon ne sont point encore à l'église! (A Pelavoix.) Arrivez, vous.

HENNEBAUT. C'est Pacôme, mon fils...

PELAVOIX. Tout à votre service... et brûlant de débuter...

PACOME. Ça se trouve bien... Rentrez, je vou' suis.

HENNEBAUT. Mais où ça te mènera-t-il. Tu l'aimes donc?

PACOME. Eh oui! Je ne sais pas comment ça m'est venu... J'ai fait tout au monde pour n'y plus songer... Mais enfin, que voulez-vous, je l'aime et rien que de penser qu'un autre pourrait l'avoir, ça me met le feu dans le sang. Et puis cette humiliation, ces risées... Ah!... ils veulent la guerre, ils l'auront, et rudement... Mais je vous le garantis d'avance... Allez... marchez... j'épouserai Catherine...

HENNEBAUT. Ah! si j'étais du père Glam et de sa fille, j'aurais peur!

ACTE DEUXIÈME

CHEZ GLAM

Intérieur normand. — A gauche, cheminée. — Portes latérales. — Au fond, à droite, un escalier sous lequel on peut se cacher. — En perspective la cour plantée de pommiers.

SCÈNE PREMIÈRE

GLAM seul; il entre lentement, regarde autour de lui de tous côtés et va poser son fusil. Autrefois, quand je rentrais au Clos-Pommier c'était gaîment, et Catherine accourait à ma rencontre... Aujourd'hui, sur le seuil, plus rien que le souvenir de notre misère... et j'ai le cœur brisé... (Il s'assied et retire son carnier.) Autrefois, en pareille saison, je rapportais au logis quelque gibier... maintenant j'oublie de tirer les margots qui volent au-dessus de ma tête, et voilà tout ce que renferme mon carnier... du papier timbré... encore... toujours... (Catherine entre avec Simon.) Mais celui-là du moins ce sera le dernier... puisqu'il m'annonce que dans huit jours on vendra le Clos-Pommier; comment continuer la lutte contre ces Hennebaut avec ces quelques écus qui me restent? Ah! ma maison, ma pauvre maison!

SCÈNE II

GLAM, SIMON, CATHERINE.

CATHERINE. Mon père!...

GLAM, cachant le papier. Catherine!...

CATHERINE. Pourquoi vous cacher de moi?... je sais tout...

GLAM. Tout...

CATHERINE. Même ce que vous ne savez pas.

GLAM. Qu'y a-t-il donc encore, mon Dieu!

SIMON. Du courage, père Glam.

CATHERINE. Non-seulement les Hennebaut s'en prennent à la maison... mais au mobilier.

GLAM. Au mobilier?...

SIMON. L'huissier Pelavoix est venu l'autre jour, pendant que vous n'étiez pas là.

CATHERINE. Et tout est saisi, mon père.

GLAM. Comment! les meubles aussi, les hardes et...

CATHERINE. Et jusqu'à la vache qui secoue la tête là-bas, justement comme pour nous dire adieu!...

SIMON. L'huissier Pelavoix appelle ça meuble vif.

GLAM. Mais nous ne pourrons donc rien emporter d'ici... rien... ah! ma Catherine... mon enfant, ma pauvre enfant!... (Il se laisse tomber dans ses bras et pleure.)

SIMON, à part. Et c'est pour moi qu'ils continueraient de souffrir ainsi... Oh! non... non...

CATHERINE. Voyons, père! ne vous désespérez pas... peut-être y aurait-il moyen d'obtenir un dernier délai, du temps...

SIMON. Et comme vous avez peut-être besoin de quelque argent dans la position où les Hennebaut vous ont mis, voici une petite somme que je vous apporte.

CATHERINE. Encore!...

GLAM. C'est donc ton parrain de Cherbourg qui s'est laissé attendrir, enfin...

SIMON. Oh! non... s'il avait témoigné le moindrement de complaisance, celui-là, voici déjà longtemps que vous seriez hors de peine. Il est riche, mon parrain... mais il tient à ses écus... il m'a refusé... aussi je n'ai pas voulu, je ne veux pas le revoir... c'est ailleurs que je me suis adressé.

GLAM. Ailleurs?

SIMON, avec embarras. Au capitaine d'un bâtiment en partance... sur mon engagement à son bord, il m'a avancé cent francs.

CATHERINE. Vous partez, Simon?

GLAM. Cent francs... mais il s'agit donc d'un long voyage?

SIMON. Oh! pas très-long... Je vous expliquerai ça plus tard... tantôt... prenez, père... Prenez...

GLAM. Non! non! tu en auras plus besoin que moi...

SIMON. Mais...

GLAM. On vient, silence!...

CATHERINE, de plus en plus inquiète. Simon!

SIMON. Eh! c'est Blaisot...

SCÈNE III

LES MÊMES, BLAISOT, MARGOT.

BLAISOT. Avec Margot...

MARGOT. Ensemblement...

BLAISOT. Et dans huit jours la noce. (Ils rient tous deux.)

GLAM. Ah! ah! c'est pour nous en faire part que?...

BLAISOT. Pour ça, d'abord, et pour autre chose ensuite. (Avec un mouvement d'embarras.) Dis-y donc, toi, Margot?

MARGOT. Non... toi... Blaisot...

LES TROIS AUTRES. Eh ben?

BLAISOT. Faut donc vous dire que Margot est écornifleuse... autrement de ce qu'elle a de la curiosité dans l'œil.

MARGOT. Dans les deusses.

BLAISOT. Ce qui fait donc qu'à ce matin, chez le père Hennebaut, son bourgeois, qu'va t'être le mien pareillement, elle avise maître Pelavoix.

MARGOT. L'euissier.

BLAISOT. Ça n'avait rien de rare, vu qu'il y vient pus souvent qu'à son tour, chez les Hennebaut, mais voilà qu'ils causent tous les trois comme ci... comme ça... et finalement que l'euissier fait exhibition d'un grand papier jaune, qu'où qu'il y avait de l'imprimé dessus.

SIMON et CATHERINE. Une affiche!...

MARGOT. Directement!

BLAISOT. Là-dessus Margot l'affiche que celle-ci déplie lentement derrière elle. Margot écornifliait toujours, tout en guignant la pancarte. Elle a de la lecture, Margot...

MARGOT. Et de l'écriture itou.

BLAISOT. Elle comprit donc de quoi qu'il retournait et vivement voilà qu'elle accourt au café Gervais pour me donner avertission de la chose.

GLAM. Mais quelle chose?

MARGOT. Ah! bedame! nous en étions tout étiboqués, Blaisot et moi, pas vrai, Blaisot?

BLAISOT. A preuve que maître Pelavoix étant venu à paraître devant la mairie ous qu'il cloutait une des deux affiches...

MARGOT. Il y en avait deusse...

BLAISOT. Margot s'en fut lui demander ce qu'il comptait faire de l'autre... Eh! qu'il répond, la porter au Clos-Pommier.

MARGOT. Blaisot me regarda...

BLAISOT. Je regardai Margot...

MARGOT. Maître Pelavoix, qu'il lui dit : Faudrait pas que le père Glam apprit ça tout de gô, brutalement...

BLAISOT. Donnez-nous la pancarte, qu'elle ajoute, et nous allons lui communiquer nous-mêmes, mais en douceur, avec ménagement et de bonne amitié... car je l'aimons ben le père Glam.

MARGOT. Et mam'zelle Catherine aussi.

BLAISOT. Aussi mam'zelle Catherine. Pour lors, il a consenti, le cuissier, et nous sommes accourus par le chemin creux...

MARGOT. Au plus court... mais le cœur tout battant...

BLAISOT. D'peur de vous affliger... car enfin ça va l'être dur...

MARGOT. Soyez raisonnable mam'zelle Catherine...

BLAISOT. Soyez fort, père Glam.

GLAM. Enfin !...

MARGOT et BLAISOT. Enfin ! (Ils s'écartent et montrent l'affiche se dépliant entre eux.) Voilà !...

GLAM. La vente...

CATHERINE. Pour dimanche prochain...

MARGOT. Mam'zelle Catherine !

BLAISOT. Père Glam !

SIMON, prenant l'affiche. Oh ! j'irai trouver Pacôme... j'irai...

GLAM, s'efforçant de paraître gai. Eh bien !... après tout, qu'importe... un peu plus tôt, un peu plus tard... est-ce qu'il ne faudrait pas toujours en venir là... Courbons la tête devant la volonté du bon Dieu! sachons accepter notre malheur courageusement, gaîment .. Oui, gaîment... Catherine, va nous quérir deux bonnes bouteilles de vieux cidre. Au moins le père Hennebaut ne les boira pas celles-là... va vite ! (Catherine sort.)

BLAISOT et MARGOT. Oh! père Glam, c'est point pour nous.

GLAM. Toi, Simon, prends un marteau, des clous, et va placer cette affiche ! Je ne veux pas que Blaisot et Margot manquent à leur promesse envers M. Pelavoix. Car vous lui avez promis, n'est-ce pas ?

BLAISOT. H'las! oui.

MARGOT. Mêmement qu'il a dit qu'il reviendrait tantôt pour voir si c'était fait.

GLAM. Va donc, Simon ! (Simon remonte jusqu'à la porte où il place l'affiche.) Et vous, mes enfants, approchez... Nous avons un autre compte encore à régler tous les trois... et ce n'est pas tant seulement pour m'avertir que vous êtes venus au Clos-Pommier, je le présume.

BLAISOT. Ah! mais que si !

MARGOT. Mais que si !

GLAM. Et vos dix écus ?

BLAISOT, faisant l'étonné. Quels dix écus?... t'en souviens-tu, Margot?

MARGOT. Souviens pas...

GLAM. Possible! mais moi je ne les ai point oubliés...(à Catherine qui pose la bouteille et les verres sur la table.) Verse, Catherine...et pour que tu connaisses enfin ces deux braves cœurs-là, écoute...

MARGOT et BLAISOT, qui tâchent de l'empêcher de parler Père Glam !...

GLAM. Il y a de cela quinze jours environ, au plus fort des premières poursuites, je m'en revenais de la grève... tout tristement, car je devais faire une opposition dès le lendemain, et je n'avais pas le sou. Faut même croire que je parlais à haute voix de mon embarras. Tout à coup, deux ombres se dressent devant moi, deux voix me disent tour à tour : Père Glam, nous avons dix écus d'économies... les voilà, nous vous les prêtons... et, bien contents si vous les acceptez, car l'offre est de tout cœur. Et ceux-là qui nous venaient si généreusement en aide, c'était Blaisot et Margot.

CATHERINE, embrassant Margot. Bonne Margot !

SIMON, serrant la main à Blaisot. Brave garçon !

GLAM. D'abord, et d'une, à leur santé...

BLAISOT. Ah! quant à ce qui est de ça, bien volontiers...

MARGOT. Fameux cidre !...

BLAISOT. Mais pour ce qui est du reste, on en reparlera plus tard. Viens nous-en, Margot.

GLAM, l'arrêtant. Non pas ! parlons-en tout de suite... car vous ne m'aviez pas laissé dans l'ignorance que cet argent-là c'était pour votre noce, et vous vous mariez samedi prochain.

MARGOT. Fectivement... j'sommes publiés.

BLAISOT, soupirant. Et sous trois jours... crac! je serons son époux ! (Margot soupire également ; ils s'entre-donnent un grand coup de coude.)

GLAM. Vous voyez bien qu'il faut que je vous rende votre argent...

CATHERINE. Ne fût-ce que pour la toilette de la mariée.

MARGOT. Oh! que nenni ! je n'passerons ben volontiers du devantiau d'soie, d'la canipette neuve, et des anneaux d'oreilles... plutôt que de vous causer du souci, j'aime ben mieux me conjoindre telle que me v'là, eh bonnet de coton. Blaisot dit que ça me vg bien. Pas vrai, Blaisot ?

GLAM. Et le repos?

BLAISOT. Mais ne vous chagrinez donc point, père Glam, on collationnera sur le pouce, entre-z-amis seulement, et pas d'autre invité, sinon le principal, l'amour... Par ainsi, n'en jasons plus.

GLAM. Au contraire, prenez ! je le veux.

BLAISOT, hésitant. Vous le voulez !... Eh ben va pour les anneaux d'oreilles, le devantiau, la canipette, le festin à vingt sous par couvert et les violoneux... Ohé ! dis donc, Margot, je crois que j'y sommes déjà. Ohé !

MARGOT, lui montrant Glam. Chut !

BLAISOT. C'est juste... pardon !

GLAM. Et pourquoi donc... soyez joyeux, soyez heureux, comme vous méritez de l'être.

BLAISOT. Au revoir donc, père Glam.

MARGOT. Au revoir, mam'zelle Catherine,

TOUS DEUX. Au revoir... bon courage et bonne chance. (Ils sortent, Glam les reconduit jusqu'au seuil)

SCÈNE IV
CATHERINE, SIMON, GLAM.

CATHERINE, allant à Simon qui vient de se laisser tomber dans le grand fauteuil de Glam. Simon !

SIMON. Catherine...

CATHERINE. Il faut vous expliquer, Simon... Pourquoi ce départ?...

SIMON. Je suis marin, Catherine, ne dois-je pas toujours vous quitter?

CATHERINE. Ne cherchez pas à me tromper... ces larmes que je vois dans vos yeux.

SIMON. Oh ! ce n'est pas à ma tristesse qu'il faut songer, Catherine !... (Montrant Glam qui regarde l'affiche.) c'est à la sienne...

CATHERINE. Mon père.

GLAM, avec effort. Eh ben ? quoi donc... quoi?... (Catherine se laisse tomber dans ses bras.) Allons...allons... Puisqu'il faut quitter le Clos-Pommier, on le quittera. Est-ce qu'il n'y en a pas partout des clos... et des pommiers ! allons... allons, pas d'attendrissement, fillette, nous n'avons plus de temps à perdre. (Il se dirige vers la droite.)

CATHERINE, remontant Où allez-vous ?

GLAM, avec émotion. Là-haut...

SIMON. De Fulgence?

GLAM. Oui, oui... Ah ! qu'ils me prennent tout... mais ce qui me reste de lui... non ! ...

SIMON. Cependant...

GLAM. Déjà j'ai rangé dans un coffre... ce que tu m'as rapporté de là-bas, Simon... puis les différentes choses du temps de son enfance... et celles que, jeune homme, il avait gagnées dans les fêtes foraines... le buis flétri du dernier dimanche des Rameaux où il était là... l'image de la Vierge et le crucifix qui devaient toujours veiller sur l'alcôve déserte... Hier j'ai voulu vous décrocher de la muraille, chers souvenirs de mon enfant mort... objets sacrés de mon culte pour sa mémoire... et je n'en ai pas eu la force... et je me suis pris à pleurer... mais il le faut... il le faut... attendez-moi ! (Il disparaît.)

SCÈNE V
SIMON, CATHERINE.

CATHERINE. Pauvre père !!! comme il doit souffrir...

SIMON. A cause de nous, Catherine... (Elle le regarde.) L'origine de tout le mal... c'est votre grande amitié pour moi...

CATHERINE. La mienne et la sienne...

SIMON. D'accord... mais enfin quand je ne serai plus là...

CATHERINE. Simon... ah ! c'est tout d'suite que vous allez nous quitter... et c'est pour toujours !

SIMON. Non, Catherine... non... mais voyons, cependant, une supposition... Si je partais dès demain... si je m'en allais très-loin... pour sûr... les Hennebaut consentiraient à suspendre les poursuites... peut-être bien qu'aussi, votre père et vous, vous auriez plus de résignation au sacrifice, et moins de répugnance envers Pacôme...

CATHERINE. Est-ce que vous ne m'aimez plus, Simon ?

SIMON. Ah ! si fait... allez... je vous aime... mais, il y a le devoir... Si on chasse votre père de chez lui, que deviendra-t-il ? Et quand je me dis enfin que les habitudes, à son âge, ça vous tient dans le sang, et qu'il est capable d'en mourir... Ah! tenez, Catherine... il me prend des envies de courir vers Pacôme, et de lui dire : Non-seulement je renonce à Catherine, mais encore je m'engage à la décider à vous prendre pour mari, si toutefois vous me faites serment de la rendre heureuse !

SCÈNE VI
LES MÊMES, PACOME.

PACOME. Ah! quant à ça, Jean Simon, je vous le jure!

CATHERINE. Lui!

SIMON. Eh bien! soit... je ne m'en dédirai pas. C'est peut-être le ciel qui vous envoie, Pacôme, et...

CATHERINE, lui jetant une main sur les lèvres. Simon!

PACOME. Oh! oh! paraît que Jean Simon ce n'est pas Catherine!

CATHERINE. Que venez-vous faire chez nous?

PACOME. Pardon... excuse!...c'était pas dans de mauvaises intentions, mademoiselle... avant d'en venir aux dernières extrémités... avant de frapper les derniers coups... j'ai voulu voir par moi-même si le père Glam ne deviendrait pas plus raisonnable, comme aussi sa fille moins sévère. Une dernière espérance, quoi! mais il paraît que je me trompais... je m'en vas.

SIMON. Non, restez... (A Catherine.) Il faut que nous parlions tous les deux, Pacôme et moi...

CATHERINE. Mais si mon père...

SIMON. Allez le retrouver, Catherine... quand vous reviendrez avec lui, Pacôme aura disparu... et tout sera fini...

CATHERINE. Mais je ne veux pas...

SIMON. Ne songez plus à moi, Catherine, mais à votre père... rien qu'à votre père... il le faut.

CATHERINE, à Pacôme. Et si je vous suppliais moi, Pacôme?

PACOME. Hormis la condition que vous savez bien... et que j'ambitionne plus que jamais... inutile...

CATHERINE. Se peut-il que vous ayez le cœur si mauvais!

PACOME. Il dépend de vous de le rendre bon...

SIMON, d'une voix suppliante. Mais laissez-nous donc, Catherine.

CATHERINE. Ah! pauvre Simon!

SCÈNE VII
PACOME, SIMON.

SIMON. A nous deux maintenant, Pacôme.

PACOME. Oh! oh! est-ce que maintenant c'est une querelle?

SIMON. Une querelle?... au fait... pourquoi pas?... L'un de nous deux gêne l'autre... Battons-nous, et que le vaincu s'en aille, s'il n'est pas mort...

PACOME. Nous battre!...

SIMON. Eh! oui... mettons au bout de nos bras deux bons bâtons, et finissons-en...

PACOME, après avoir levé son bras qu'il laisse retomber. Oh! que nenni!... la partie n'est pas égale; vous ne jouez que votre peau; j'ai du bien, moi; merci... (Simon hausse les épaules.) C'est pas par crainte, au moins, Pacôme Hennebaut n'a peur de personne, on sait ça. Mais quand je vous aurais tué, ça ne me ramènerait point Catherine, bien au contraire.

SIMON, à part. Et si j'étais le vainqueur son père n'en deviendrait que plus impitoyable envers eux. (Haut.) Vous avez raison, monsieur Pacôme... revenons à ma première proposition.

PACOME. Celle que j'ai entendue en arrivant, m'est avis que c'est la meilleure!

SIMON. Mais... si j'engage Catherine à vous prendre pour mari, c'est à la condition que vous vous comporterez dignement envers elle, et que jamais...

PACOME. Je vous l'ai juré, je vous le jure encore, et bien que je sois un peu rude à la surface, tout le monde vous dira qu'au fin fond je suis un honnête homme.

SIMON. Je le sais, et j'y compte, soit donc! si vous ne m'avez pas revu dans une heure, c'est que j'aurai réussi. Dans ce cas-là, dès ce soir, vous pouvez revenir au Clos-Pommier... vous y trouverez votre femme...

PACOME. Mais vous...

SIMON. Je serai parti... et pour bien loin.

PACOME. Mais alors c'est donc que vous ne l'aimez point autant que...

SIMON, avec passion. Bien plus encore que vous ne pouvez le comprendre, allez! et si j'y renonce... oh! croyez-le bien, c'est une fière preuve d'amour.

PACOME, après un temps. On se console quelquefois en faisant fortune, et c'est possible là-bas, quand on emporte un peu d'argent. En voulez-vous? je suis riche... et...

SIMON. Assez! je vous donne Catherine... mais je ne vous la vends pas!

PACOME. Pardonnez-moi, Jean Simon, vous êtes un brave cœur... Refusez ma bourse... soit... mais ne refusez pas ma main.

SIMON, après un premier mouvement pour accepter. L'une comme l'autre... ils vont revenir, partez!

PACOME, très-ému. Jean Simon! oh! c'est beau de se dévouer ainsi... et foi d'homme! je voudrais... mais non, chacun sa nature... je ne peux pas, moi... je ne peux pas... c'est comme un sort... mais Catherine sera heureuse je vous le promets, adieu donc... (Sur le seuil.) Je reviendrai ce soir. (Il sort à droite.)

SCÈNE VIII
SIMON, puis GLAM et CATHERINE.

SIMON. Allons... c'est fini... tant mieux... au vis-à-vis d'elle seule, je n'aurais jamais eu le courage ..

GLAM, qui paraît au haut de l'escalier tenant un des côtés de la caisse. Ne perdons pas de temps...

SIMON. Laissez! laissez donc, mademoiselle Catherine.

GLAM. T'as raison, la petite n'a pas la force...

CATHERINE, à part. Il a pleuré?...

SIMON, qui redescend l'escalier; Glam et lui portent la caisse. Où portez-vous ça?

GLAM. Eh! parbleu! chez la mère Soisy... c'est une bonne femme... elle me le gardera autant que je voudrai... allons... vivement, vivement...

SCÈNE IX
LES MÊMES PELAVOIX.

PELAVOIX. Halte-là!

LES TROIS AUTRES. L'huissier!

PELAVOIX. On n'a plus le droit de rien emporter d'ici... je m'y oppose.

GLAM, avec colère. Possible... mais moi je passe. Ainsi faites-nous place.

PELAVOIX. Au nom de la loi...

GLAM, s'irritant de plus en plus. Eh! la loi!...

CATHERINE. Mon père!

SIMON. Monsieur Pelavoix... (Ils ont posé la caisse.)

PELAVOIX. Si mademoiselle m'eût désigné quelques objets auxquels elle tint particulièrement, malgré la rigueur de mon ministère, j'eusse pu condescendre jusqu'à les lui laisser; mais maintenant, il est trop tard.

GLAM. Trop tard!...

PELAVOIX. Tout est saisi.

GLAM. Tout!

PELAVOIX. Et je dois consigner en marge de mon procès-verbal, les articles que renferme cette malle... Il m'en faut la clef.

CATHERINE, qui en contenant son père. La voici!

PELAVOIX. C'est bien, mademoiselle... monsieur votre père, qui est fonctionnaire public, entendra la voix de la raison. La loi a des exigences fatales auxquelles il faut savoir se soumettre, et... (Il ouvre la malle.)

GLAM, se débattant entre les bras de Catherine. Toucher aux reliques de Fulgence... jamais, coquin, jamais!

PELAVOIX. Des injures! ah!... si c'est ainsi...

GLAM, se précipitant sur lui. Jamais, te dis-je, huissier du diable! brigand... (Il vient de le saisir au collet et l'envoie reculer à l'autre bout de la chambre.)

PELAVOIX. Des voies de fait...

GLAM, s'armant d'un bâton. Et ça va recommencer si tu bouges...

SIMON, cherchant à le calmer Père Glam!...

CATHERINE, à Pelavoix. Oh! monsieur, par pitié... je vous en supplie...

PELAVOIX. Soit, mademoiselle, je me retire... mais je dresserai procès-verbal de cet acte inqualifiable...

SCÈNE X
LES MÊMES, ROQUEBERT.

ROQUEBERT. Non, monsieur Pelavoix, vous ne ferez pas ça.

PELAVOIX. Et qui m'en empêchera, s'il vous plaît?

ROQUEBERT. D'abord et d'une la soumission du père Glam, qui va capituler à la voix d'un ancien ami; il est presque militaire et il comprendra que puisqu'il y a saisie et qu'il en est le gardien, la moindre soustraction de sa part se serait comme qui dirait un vol.

GLAM, avec effroi. Un vol!

PELAVOIX. Certainement, un vol, et de plus injures graves, molestations envers un officier ministériel. Il y a de la prison.

GLAM. La prison!

ROQUEBERT. Effectivement, père Glam, et comme c'est le brigadier qui serait dans l'obligation de vous y insinuer, j'espère bien que vous me ferez celle de m'épargner cette corvée-là.

GLAM. Mais comment puis-je...

ROQUEBERT. En vous excusant d'un mouvement de vivacité... (Mouvement de Glam.) N'y aura pas d'affront... (S'adressant à Pelavoix.) Je vous ai narré l'histoire de Fulgence... de son naufrage, eh ben... ce qu'il y a là dedans, c'est tout le brimborion de défunt son fils bien-aimé... des souvenirs... quoi, des reliques...

GLAM. En voyant qu'on allait me les enlever, qu'on y touchait, il m'a pris comme un éblouissement... j'étais fou !...

PELAVOIX, cherchant à se monter. Possible, mais il n'en a pas moins failli m'étrangler, le vieux scélérat.

GLAM, joignant les mains. Monsieur l'huissier, battez-moi à votre tour... mais au nom de mon fils mort, je vous en supplie, ne m'envoyez pas en prison, ne me séparez pas de ma fille !

PELAVOIX, attendri. Pauvre vieux !

ROQUEBERT. Allons !... c'est arrangé, merci tout de même, monsieur Pelavoix.

PELAVOIX Mais quant à la caisse, j'y ai entrevu une montre en argent... et il n'y a pas moyen, il faut que tout ça figure à la vente...

GLAM. A la vente !...

ROQUEBERT. Ayez pas peur... tout ce qui est là dedans, sera mis à l'enchère, mais acheté par un particulier qui le rendra au père Glam.

GLAM. Mais c'est une aumône ça...

ROQUEBERT. Ça prouve seulement qu'on vous estime et qu'on vous aime. Ah ! n'allez pas vous aviser d'un refus... ce ne serait pas de la fierté, ce serait du mauvais orgueil et de plus pas gentil pour le quelqu'un qui a eu l'idée d'une liste de souscription.

GLAM. Ce quelqu'un-là, brigadier, c'est vous... j'accepte-

ROQUEBERT. Tout ce dont je puis répondre, c'est que ça manœuvre comme à la parade, et que le boursicot s'arrondit joliment !... Chacun y met la main... voire même les autorités, à savoir : les maires et les adjoints de tout le canton, le juge de paix, le percepteur...

PELAVOIX, bas, en lui glissant un écu de cinq francs. Et l'huissier, voici de sa part.

GLAM. Plaît-il ?

ROQUEBERT. Rien... ce n'est rien... (Bas à Pelavoix.) Merci pour lui...

PELAVOIX, bas à Roquebert. Motus avec ces Hennebaut !

ROQUEBERT, de même. Oui... (Hant et se frappant le front.) Mais j'oubliais.

GLAM, SIMON, CATHERINE. Quoi donc ?

ROQUEBERT. Que j'ai emboîté le pas avec le père Hennebaut, qui veut vous causer, père Glam, et qui attend là, dans le verger, que je l'appelle à l'audience. (Pelavoix reprend vivement son chapeau.)

GLAM. Que me veut-il ?

ROQUEBERT. Il vous le dira lui-même... (Appelant au fond.) Oh ! monsieur Hennebaut, avancez à l'ordre.

PELAVOIX, prêt à sortir. Silence !

ROQUEBERT. Est-ce qu'on ne sait pas la consigne !... personne ne saura rien de ce qui vient de se passer ici... hormis nous cinq et le brigadier de là-haut qui voit tout... filez par la petite porte... au revoir.

SCÈNE XI

LES MÊMES, moins PELAVOIX, puis HENNEBAUT.

GLAM, à Catherine et Simon. Allez-vous-en un brin, tous les deux... laissez-nous.

CATHERINE. Oui, mon père ; venez, Simon.

HENNEBAUT, dans le fond. Bonsoir à tout le monde... bonsoir.

GLAM, à Roquebert. Vous, mon ami, restez...

HENNEBAUT. Oui... restez, brigadier... vous êtes de grand'discrétion et de sage conseil. (Glam leur offre des siéges.)

CATHERINE, bas à Simon au moment de sortir. Oh ! je voudrais bien savoir ce qui va se dire entre eux.

SIMON. Moi de même, Catherine... (Montrant la soupente de l'escalier.) Là... là... (Ils s'y cachent tous deux, la nuit commence à venir.)

HENNEBAUT. Par ainsi, père Glam, vous ne voulez pas nous céder.

GLAM. Au sujet de quoi ?

HENNEBAUT. Au sujet de votre fille, parguenne. Faut pas vous flatter que Pacôme y renonce, ni qu'il en épouse une autre... une plus riche... tant que vous serez dans le pays.

GLAM. Ah çà ! mais, vous tenez donc bien à nous en voir déguerpir...

HENNEBAUT, se révoltant. Qu'est-ce qui a dit ça... c'est point moi... je m'en défends... car si Pacôme apprenait... (Il regarde autour de lui.)

ROQUEBERT, à l'extérieur. Pacôme n'est pas là... pa? ainsi, exprimez-vous loisiblement et sans crainte...

HENNEBAUT. On ne craint *pièche* quand on est honnête homme ; mais pour ce qui est de la franchise... eh ben, oui... je ne prétends pas que la Catherine ne soit plaisante... mais pas de dot...

GLAM. Je comprends.

HENNEBAUT. Je n'ai pas pu refuser de promettre mon consentement à Pacôme... mais dans l'espérance de ne point avoir à le lui donner, ou que du moins il ne pût s'en servir... de sorte que comme ça, sans qu'il s'en doute, à la dérobée, en dessous... voilà...

ROQUEBERT. Voilà !

GLAM. Après ?

HENNEBAUT. Après ?... (Changeant de ton et comme quelqu'un qui cherche.) Nous disions donc que j'arrive de faire une tournée en amont de Caen, tout près de la Bretagne, dans le Bocage !... et que là, hasardement, j'ai vu une belle propriété... un château... ous qu'on demande du même coup un régisseur et un garde... Le garde ça vous irait comme un gant, père Glam. Quant à l'autre place, Jean-Simon a du savoir... ça ferait un fameux régisseur, et qu'il épouserait la Catherine...

ROQUEBERT. Carrément.

HENNEBAUT. Par ainsi, tous les trois ensemble... dans un paradis... bons appartements, gros profits, une maisonnette ! (Envoyant un baiser.) Faut la voir. En la voyant, moi... j'ai pensé à vous, père Glam... j'ai parlé pour vous... excusez pour la licence... et vrai, je n'ai qu'un mot à écrire au notaire pour que ça soye une affaire conclue... j'espère qu'on v'là de l'hasard !

GLAM. Permettez...

ROQUEBERT. Faites silence jusqu'au bout !

HENNEBAUT. Sans compter qu'au lieu de sortir de céans, la poche vide... eh ben, si vous voulez me faire l'abandon du Clos-Pommier, et à la charge par moi de payer toutes vos petites dettes, mais là, sans que j'aie l'air d'en avoir été prévenu, par un simple bout d'acte chez le notaire... eh ben... il vous baillera de ma part deux mille francs d'épingles.

GLAM et ROQUEBERT. Deux mille francs !

HENNEBAUT. Tout autant. Hein ! j'espère qu'en voilà une proposition... qu'est-ce que vous regretteriez ici ? la misère ? Tandis que là-bas, mais en disparaissant tout à fait, tout à coup, et sans que mon garçon puisse jamais retrouver la trace de Catherine... pour lors, choyé, renté, avec vos deux enfants, libre comme l'air, et par devers vous mes quinze cents francs...

ROQUEBERT. Vous avez dit deux mille francs.

HENNEBAUT. J'ai dit deux mille ?... eh bien soit... je n'en rabattrai point. Est-ce convenu, père Glam ?

GLAM, après un temps. C'est convenu... vous avez ma parole.

HENNEBAUT. Mais Pacôme n'en saura rien...

GLAM. Rien... vous pouvez écrire au notaire... Nous y passerons demain.

HENNEBAUT. Sans rien emporter ?...

GLAM, montrant la caisse. Que les souvenirs de Fulgence.

ROQUEBERT. Son fourniment, quoi !

HENNEBAUT. Passe encore... mais vous ne reparaîtrez jamais au pays... sinon lorsque Pacôme sera marié... suivant mon goût ?

GLAM. Jamais !

HENNEBAUT. Conclu donc... et bon voyage... A celui de vous revoir, brigadier... (A part.) Deux mille francs, allons, c'est gros... mais l'affaire est encore bonne à ce prix-là, et Catherine ne sera de sitôt ma bru. Enfoncé, Pacôme !... (Il sort.)

SCÈNE XII

LES MÊMES, moins HENNEBAUT.

ROQUEBERT. Bravo ! tout est sauvé ! j'espère que vous voilà content, père Glam !

GLAM, relevant la tête et avec désespoir. Content... moi... de quitter le Clos-Pommier ?

ROQUEBERT. Et jour du bon Dieu ! vous avez la figure d'un dragon qui a perdu son casque... Est-ce que vous ne deviez pas de toute façon...

GLAM. Eh ! tant qu'on ne m'en avait pas chassé... j'espérais encore !... Quoi ? Je ne sais pas... mais ça me tentait impossible....

ROQUEBERT. En voilà une fausse manœuvre ! Et moi qui supposais... qui croyais...

GLAM. Je ne vous en suis pas moins reconnaissant de la bonne intention, brigadier, comme aussi du bon résultat. Car après tout c'est un bon résultat, et j'ai dû l'accepter... Mais vous ne savez pas, vous qui avez l'habitude d'aller et de venir, à droite, à gauche, au gré du gouvernement... vous ne pouvez pas savoir, pour nous autres paysans, pour nous autres terriens, ce que c'est que notre terre... ce que c'est que notre maison. Je suis né dans celle-ci, moi... j'ai fait mes premiers pas dans cette salle, sur cette herbe... Tenez ! le jour même où mon père a planté ce pommier là-bas, que voilà si gros maintenant, et qui était alors si petit... comme moi-même, ma mère m'enleva dans ses bras pour me mettre à califourchon sur la greffe... C'est ici qu'elle est morte, ma pauvre mère ! ici que ma chère femme m'a donné vingt ans de bonheur... ici que Fulgence et Catherine ont grandi. Dans ces murailles j'entends encore comme des échos de leurs rires enfantins... Dans chaque objet que je touche, jusque dans l'air que je respire, il y a ma vie, mille joies, mille souvenirs... et vous vous imaginez que tout ça s'emporte sous la semelle de ses souliers !... (Il sanglote.)

ROQUEBERT, qui pleure. Tonnerre ! est-ce que vous allez encore me faire pleurer sur mon ceinturon... c'est y bête pour un gendarme... Avec ça que si votre fille vous entendait...

GLAM, se redressant tout à coup et s'efforçant de ne plus pleurer. Ma fille ! oh ! vous avez raison. Faut qu'elle ne soupçonne pas mon chagrin, faut qu'elle me suppose pleinement satisfait. C'est son bonheur après tout que je viens d'acheter... son bonheur et celui de Simon, voilà l'essentiel ! Quant au mien, quant au bonhomme Glam, rien de rien. Je souffrirai, mais sans que ça paraisse... je pleurerai, mais en dedans... j'en mourrai, mais jusqu'à mon dernier jour, où l'on enterrera mon secret avec moi, je sourirai, je chanterai...

Les gueux, les gueux,
Sont des gens heureux.

Ah ! tenez, brigadier, j'ai besoin d'air, j'étouffe... sortons... je m'en vais vous faire un bout de conduite jusqu'au petit pré... sortons...

ROQUEBERT. Père Glam...

GLAM. Silence avec Catherine !... ce n'est que devant vous que j'ai le droit de pleurer... ce sont mes dernières larmes... ce sont mes derniers adieux à ma maison, à mon mobilier, à cette table... à ce vieux fauteuil... à cet horizon... à mes chers pommiers... qui sont aussi des amis... de vieux amis... Oh ! venez... venez ! (Il est déjà au dehors, et disparaît.)

ROQUEBERT, le suivant. Ah ! si j'avais su...

SCÈNE XIII
SIMON, CATHERINE.

Ils sortent lentement et regardent s'éloigner le père Glam. Nuit complète au dehors, clair de lune.

SIMON, après un silence. Vous avez entendu, Catherine ?

CATHERINE. Oui... tout ...

SIMON. Et vous comprenez bien, n'est-ce pas, que celui qui doit se sacrifier, ce n'est pas lui, c'est moi... Pacôme va venir...

CATHERINE. Ah ! Simon... mon pauvre Simon !

SIMON. Ça n'empêche pas que je ne vous aime de tout mon cœur... mais je lui ai fait promesse qu'il ne me retrouverait plus ici et que vous consentiriez... (Mouvement de Catherine.) Il le faut, c'est votre devoir...

CATHERINE. Mais vous savez bien que mon père...

SIMON. Faites-lui voir que vous êtes décidée, il se décidera. Dites-lui que je vous ai oubliée pour une autre... ça lui épargnera même le souci de me regretter...

CATHERINE. Il ne croira pas... il ira vous chercher.

SIMON. Il ne me trouvera plus... dans deux heures, je serai au Havre, et cette nuit même, en mer...

CATHERINE. Ah ! Simon, vous n'offenserez pas le bon Dieu en cherchant à mourir.

SIMON. Non, mais il y a les tempêtes, et l'on meurt content, alors qu'on a fait ce qu'on doit !

CATHERINE. Écoutez, Simon... il ne faut pas emporter de mauvaises pensées... quand il y aura du danger, souvenez-vous de Catherine.

SIMON. Je vous le promets... mais il se fait tard ! Adieu, Catherine !... Ah ! comme je vous aurais aimée, comme je vous aime !...

CATHERINE. Simon !

SIMON. Songez à votre père !...

SCÈNE XIV
LES MÊMES, PACOME.

PACOME. Oui, Cathe.ine, à votre père...

SIMON. Pacôme !... j'ai tenu ma promesse... souvenez-vous de la vôtre... Adieu, Catherine, adieu !... (Il s'enfuit.)

SCÈNE XV
PACOME, CATHERINE.

CATHERINE, accablée. Adieu tout mon bonheur !

PACOME. Catherine... dois-je en croire Jean Simon ? puis-je espérer que votre père...

CATHERINE, à elle-même. Ah ! puisqu'il m'en a donné l'exemple, moi aussi j'aurai du courage...

PACOME. Enfin consentez-vous ?...

CATHERINE. Je n'y mets qu'une condition, c'est que vous considérerez mon père comme le vôtre.

PACOME. Je vous en fais serment, Catherine...

CATHERINE. Bien !... (Elle va pour sortir, Pacôme fait un geste pour l'arrêter.) Soyez sans crainte, c'est mon père que je m'en vais chercher... je reviens avec lui... attendez-nous...

SCÈNE XVI
PACOME, puis HENNEBAUT.

PACOME. Enfin !... enfin elle est à moi, elle sera ma femme... ma femme... mais le souvenir de Jean Simon... (Il s'assied dans le grand fauteuil qu'il vient de rencontrer à tâtons.) Elle l'aime diablement... pourrai-je le lui faire oublier... je joue gros jeu... Bah ! bah !... est-ce que je ne suis pas le beau Pacôme... et puis je l'aime tant... elle sera riche d'ailleurs, et...

HENNEBAUT, entrant. Père Glam, êtes-vous là ? (Le bruit du fauteuil donne le change à Hennebaut.) Ah ! tant mieux... (s'avançant à tâtons.) Mais fait-il donc noir chez vous.

PACOME, à part. Que vient-il donc faire ici ?

HENNEBAUT. Bonne nouvelle !... vous n'aurez pas besoin de quitter le pays... ni moi de vous donner ces deux mille francs... et tout de même Pacôme n'épousera pas Catherine...

PACOME, à part. Hein ?

HENNEBAUT. En rentrant chez moi, j'y ai trouvé une lettre de la mairie de Cherbourg, dans laquelle lettre on m'annonce officiellement que le parrain de Jean Simon vient de mourir... en lui laissant tout son bien... vingt-cinq ou trente mille francs pour le moins... Comprenez-vous, père Glam... voici la lettre...

PACOME. Merci, mon père, je la garde...

HENNEBAUT. Pacôme !

PACOME. Je la garde, vous dis-je... et jusqu'au lendemain du jour de mon mariage avec Catherine , personne autre que nous deux n'en aura connaissance.

HENNEBAUT. Ah ! que non... car si je n'ai plus la lettre il ne m'en reste pas moins la langue, et je parlerai.

PACOME. Vous feriez cela, vous, mon père...

HENNEBAUT. Oui... (On aperçoit dans le clos une lanterne qui s'approche.)

PACOME. Oui... Vous tenez à moi, n'est-ce pas, vous m'aimez bien...

HENNEBAUT. Sans doute, après...

PACOME. Et vous auriez du chagrin de me voir mourir...

HENNEBAUT. Certainement, mais pourquoi ?...

PACOME. Tenez, père. Vous voyez bien cette lame de couteau, n'est-ce pas ? eh bien... si vous dites un seul mot, je me la plante tout entière dans le cœur.

HENNEBAUT. Mon fils !...

PACOME. Foi de Pacôme !

HENNEBAUT. Ah ! mais c'est qu'il le ferait comme il le dit...

PACOME, bas. Les voilà... vous tairez-vous ?...

HENNEBAUT. Mais songe que ce serait une mauvaise action, qui te porterait malheur...

PACOME. Je me moquions du malheur... pourvu que je sois son mari. Il le faut. (Se menaçant du couteau.) ou sinon...

HENNEBAUT. Pacôme...

PACOME. Silence !

SCÈNE XVII

LES MÊMES, GLAM, CATHERINE. (Elle entre avec la première portant une lanterne avec laquelle elle allume la lampe.)

GLAM, la suivant. Mais c'est pas Dieu possible !... comment ! Simon... volontairement...

CATHERINE. Oui... moi de même... aussi j'espère bien que vous ne me refuserez pas la permission d'épouser Pacôme.

GLAM. Pacôme !

CATHERINE. Le voici... avec son père.

PACOME. Qui vient vous faire la demande en mon nom.

HENNEBAUT. Mais... (Geste de Pacôme.) oui, en son nom... (A part.) Ah ! le garnement, il m'a vaincu !

CATHERINE, après un geste de Glam. Voici ma main, Pacôme.

GLAM. Ah ! j'en mourrai.

ACTE TROISIÈME

Chez les Hennebaut. Grande salle de ferme, très-ouverte du dehors. Portes latérales. Escalier conduisant à un grenier. Décor du cinquième acte de la *Fille du paysan*.

SCÈNE PREMIÈRE
MARGOT, BLAISOT.

MARGOT. Là... v'là mon couvert mis...

BLAISOT. Tant mieux... j'ai une faim de loup...

MARGOT. Possible, mais faut attendre, car le maître est en chasse... et ceci n'est que pour le père Hennebaut, simple dinette de convalescent... La fine côtelette sur le gril... après quoi tant seulement je ferai not' soupe à nous autres.

BLAISOT, *serrant son ceinturon.* Soit! j'impose silence à mes tiraillements... Mais pour me faire prendre patience, un petit baiser.

MARGOT. Veux-tu bien finir! si on te voyait...

BLAISOT, *l'embrassant.* Bah! puisque j' sommes mari et femme.

SCÈNE II
LES MÊMES, PELAVOIX.

PELAVOIX. Eh bien! ne vous gênez pas...

MARGOT. Là! qu'est-ce que je te disais.

BLAISOT. Monsieur Pelavoix!

MARGOT. Le vuissier.

PELAVOIX. Peut-on voir enfin le père Hennebaut?

MARGOT. Assurément, le v'là tout à fait rétabli.

BLAISOT. Grâce aux bons soins de madame Catherine qui, on peut le dire, lui a sauvé la vie.

MARGOT. Ce qu'elle n'avait pu faire pour son propre père.

PELAVOIX. C'est juste, ce pauvre bonhomme Giam... voilà déjà près d'une année que...

MARGOT. Six mois tout au plus après le mariage de sa fille.

BLAISOT. Il en est mort de chagrin...

MARGOT. Chut!

PELAVOIX. Ça ne va donc pas mieux ici?

BLAISOT. Ah! si fait... ça va très-bien... à cette différence presque que ça va mal... (D'un air de mystère.) Maître Pacôme est encore plus sombre et plus bourru... faut voir... Pour plaire à madame Catherine il s'est mis dans la tête un tas de choses qu'il apprend dans les livres...

MARGOT. Si bien, qu'il parle quasiment comme un monsieur... mais ça n'empêche pas que sa femme soit encore plus triste et plus pâle...

PELAVOIX. Ça se comprend, le souvenir de Simon.

MARGOT. Oh! elle n'en parle jamais... c'est pas comme moi... si j'étions malheureuse un brin je pleurerais comme un viau... (Elle rit.)

BLAISOT. Si elle se tait... elle y pense toujours... et chaque fois qu'il vente fort, ses grands yeux tout inquiets se tournent vers la mer... d'ous qu'il n'est pas encore revenu!

MARGOT. Mais si bonne, si douce... si laborieuse... la plus agissante fermière du pays. On la cite en exemple à plus de dix lieues à la ronde... c'est de la crème que cette femme-là!

BLAISOT. Oh! j'en mangerais!...

PELAVOIX. Et le père Hennebaut?

BLAISOT. Il idole sa bru, qui l'a quasiment retourné; plus de cornes du tout, le vieux bélier... elle en fait tout ce qu'elle veut.

CATHERINE, *au dehors.* Doucement...

BLAISOT. Les voici... Je me sauve à ma tâche...

MARGOT. Et moi donc, à ma côtelette... pourvu qu'elle ne se soit pas desséchée sur le gril!

SCÈNE III
HENNEBAUT, CATHERINE, PELAVOIX.

CATHERINE, *conduisant Hennebaut.* Appuyez-vous sur moi... doucement...

HENNEBAUT. Merci, Catherine... et bien de la reconnaissance pour toutes les amitiés. Mais, je te le réitère, je me sens tout à fait ragaillardi... (Marchant seul.) Vois plutôt!... Eh! c'est maître Pelavoix...

PELAVOIX. Votre serviteur, monsieur Hennebaut... Pareillement, madame Pacôme? ça va mieux.

CATHERINE. Votre servante. (A Hennebaut.) Tenez, monsieur le convalescent... j'ai fait placer votre couvert ici, tout proche du jardin, afin que vous puissiez avoir la vue du verger, le bon air pur et la douce chaleur du soleil.

HENNEBAUT, *à Pelavoix.* Elle pense à tout.

MARGOT. V'là l' bouillon; a-t-il des œils?

HENNEBAUT, *à Catherine.* Eh! bravo! je ne demande pas mieux, que de fêter à la fois toutes ces bonnes choses que tu m'as rendues.

CATHERINE. Dites plutôt le médecin.

HENNEBAUT. Le médecin! avec ses mauvaises drogues, pour me soutirer mon argent? Non, non, monsieur Pelavoix... c'est elle qui a tout fait.

PELAVOIX. On me l'a déjà dit.

HENNEBAUT. Et on a eu raison. Toujours là... toujours attentive et consolante... Et j'avais beau jurer, m'impatienter, envoyer tout au diable, rien n'y faisait. Il fallait me tenir au lit bien docilement, madame ma bru le voulait... Il fallait avaler tous ces vilains médicaments, madame Catherine me les présentait. Enfin... je suis têtu, n'est-ce pas?

PELAVOIX. Un peu...

HENNEBAUT. Beaucoup... Eh bien, je cédais toujours, et me rendormais avec plaisir, parce qu'elle était là... Au réveil j'étais heureux de la retrouver à mon chevet. En a-t-elle passé de ces nuits!

CATHERINE. Faut pas me remercier, c'était mon devoir... mais vous allez laisser refroidir ce bouillon...

HENNEBAUT, *le goûtant.* Soit. Il est fameux!

CATHERINE. Je l'ai surveillé moi-même.

HENNEBAUT. Pardieu! (A Pelavoix.) Je ne vous invite pas à partager... parce que... y en a pas trop pour moi.

PELAVOIX. Merci. D'autant plus que je suis un peu pressé.

HENNEBAUT. Alors dites-moi vivement ce qui vous amène.

PELAVOIX. Dam! il y a longtemps que nous ne nous sommes vus. J'ai des ordres à vous demander, et des comptes à vous rendre!

HENNEBAUT. La tête n'est pas encore bien solide... J'irai prochainement chez vous. Quant à mes ordres, voyons?

PELAVOIX, *feuilletant ses papiers.* Le cabaretier Gervais redoit encore trois cent septante francs nonante centimes.

HENNEBAUT. Un exécrable payeur. Poussez-le ferme.

PELAVOIX. Mais il vient d'avoir un petit héritage, qui ne se réalisera qu'à la Noël, et, moyennant une délégation, qu'il offre, on serait certain...

HENNEBAUT. Non... non...

CATHERINE. Mais, puisqu'on serait certain?...

HENNEBAUT. Certain, on est toujours certain.

CATHERINE. Jusqu'à la Noël.

HENNEBAUT, *après un temps.* Allons... va pour jusqu'à la Noël... Ensuite?

PELAVOIX. Le père Ledel, votre locataire, auquel j'ai fait sommation d'avoir à déguerpir de la ferme, vous supplie d'attendre jusqu'à la cueillette des pommes. Il en a beaucoup cette année, et naturellement...

HENNEBAUT. Tant mieux, ça nous reviendra... qu'il déguerpisse!...

CATHERINE. Un si brave homme! Et quatre petits enfants!

HENNEBAUT. Des enfants! des enfants! Pourquoi qu'il a des en... (Catherine insiste.) Allons va pour jusqu'aux pommes, mais c'est tout, n'est-ce pas... car elle me ruinerait...

PELAVOIX. C'est tout. Au revoir, monsieur Hennebaut. Madame Pacôme... (Bas au se retirant.) Je dirai à ces pauvres gens ce qu'ils doivent à votre bon cœur, et ils vous béniront.

CATHERINE. Gardez-vous-en bien, et que ce soit cette maison qu'ils bénissent!

SCÈNE IV
HENNEBAUT, CATHERINE, MARGOT.

HENNEBAUT. Qu'est-ce donc?

CATHERINE. Rien!

MARGOT. V'là la côtelette...

CATHERINE. Et la bouteille de vieux vin?...

MARGOT. J'vas la crir...

HENNEBAUT. Mazette... du vin vieux... une grasse côtelette...

CATHERINE. C'est l'ordonnance du médecin, et c'est la mienne aussi.

HENNEBAUT, *se mettant à manger.* Alors...

MARGOT. V'là le vin...

CATHERINE, *versant.* Il faut que vous repreniez des forces.

HENNEBAUT. Avec plaisir, et cela d'autant plus que, par ce beau temps, j'ai comme qui dirait envie d'une petite promenade du côté de la grève.

CATHERINE. Oh! oh! il vente bien fort... la mer doit être mauvaise.

HENNEBAUT. Bah! je n'en veux pas aller dessus, mais au bord, après ça cependant, tu as peut-être raison, je ne me sens guère d'appétit.

SCÈNE V

Les Mêmes, Une Mendiante, tenant un enfant par la main.

LA MENDIANTE. Pour l'amour de Dieu! mes bonnes âmes, la charité...

HENNEBAUT. Une mendiante?... Pourquoi l'a-t-on laissée franchir la barrière. Hors d'ici!

LA MENDIANTE. Nous avons bien faim, la petite et moi.

HENNEBAUT. Ils ont faim ceux-là!

LA MENDIANTE. Mon bon monsieur... Ma bonne dame... (Catherine prend la miche et coupe un morceau de pain.)

HENNEBAUT. Hors d'ici, vous dis-je, travaillez...

LA MENDIANTE. Nous prierons le bon Dieu pour vous...

HENNEBAUT, reprenant le morceau de pain des mains de Catherine. Non... (La mendiante s'éloigne.)

CATHERINE. Le bon Dieu!... c'est lui surtout qui vous a sauvé de la maladie... c'est lui seul qui peut vous rendre, avec la force et la santé, la joie de votre vieillesse. Il ordonne qu'on fasse l'aumône aux pauvres, et c'est le plus grand plaisir des riches.

HENNEBAUT. Le tien peut-être...

CATHERINE. Oh! oui...

HENNEBAUT, appelant la mendiante. Hé! la femme... hé donc... prenez!... (Arrêtant Catherine qui va pour lui donner le morceau de pain coupé, et lui passant la miche.) Non, pas celui-ci... l'autre... le plus gros.

LA MENDIANTE. Oh! merci... merci...

HENNEBAUT. Hein! voilà qui est drôle... ça m'a remué agréablement... ça me fait plaisir... et voici l'appétit qui me revient...

CATHERINE. Quand je vous le disais...

HENNEBAUT. Me-v'là généreux, dissipateur à c't' heure, c'est y en effet de la maladie ou une sorte d'infirmité qui m'prend?

CATHERINE. Non!... non!...

HENNEBAUT. Oh! j'en aurai le cœur net, mais en attendant, à ta santé, Catherine... à celle de Pacôme...

SCÈNE VI

Les Mêmes, PACOME, le fusil sur l'épaule et le carnier au dos.

PACOME. Merci, mon père... Bonjour, femme...

HENNEBAUT. Ah! c'est toi, mon garçon... as-tu fait bonne chasse?

PACOME. Voyez? Ce brigand de Gervais m'avait déjà devancé dans les ajoncs. Aussi je l'ai fait pincer cette fois... son compte est clair... Mais tu ne viens donc pas m'embrasser, Catherine?

CATHERINE. Si fait, mon ami.

PACOME, après un froid baiser sur la joue. Ah! j'ai la femme, mais je n'ai point le cœur!

HENNEBAUT. Dis donc, il n'y a pas gras, pour un jour d'ouverture.

PACOME. Quand je vous dis qu'il n'y a plus de gibier, non-seulement les braconniers, mais encore les animaux malfaisants. On a vu un loup dans le bois des Aulnes... Aussi ce soir, à la brune, nous irons nous mettre à l'affût, les amis et moi. A propos de ça, Margot, il y a du feu là-bas...

MARGOT. Oui, n'oit' maître!...

PACOME. Faut que j'aille fondre des balles. (Bas à sa femme.) Catherine!... Mais qu'avez-vous donc ce matin? je vous trouve l'air encore plus triste que de coutume.

CATHERINE. Oubliez-vous donc quel anniversaire nous sommes?

PACOME. Ah! oui, la mort du père Glam, je comprends.

CATHERINE, très-vivement jusqu'à la fin de la scène. Mais, ça ne m'empêche pas de remplir tous mes devoirs comme à l'ordinaire. (Apercevant Blaisot qui passe avec deux bottes de paille.) Ah! Blaisot! cette paille est-elle bientôt rentrée?

BLAISOT. V'là les deux dernières bottes.

CATHERINE. Et les sacs de pommes de terre?

BLAISOT. Ils sont sous le hangar, pesés et rangés.

MARGOT. Tous à la file... et si hauts, si fiers, qu'on dirait les gendarmes de notre brigadier.

BLAISOT, montant l'escalier. A-t-elle de l'esprit, mon épouse... mais en a-t-elle!

MARGOT. Mais z'oui.

CATHERINE. Alors, il vous faudra tantôt réparer la clôture du potager... puis porter les harnais des chevaux de labour, chez le bourrelier.

BLAISOT. Oui, not' maîtresse.

CATHERINE. J'ai fait prix avec lui, ce ne sera que vingt francs, au lieu de trente qu'il vous avait demandés, Pacôme?

HENNEBAUT. Voyez-vous, la fine marchandeuse...

CATHERINE. Et toi, Margot, la lessive?

MARGOT. Tout est paré. J commencerons dès quand la soupe avalée. La nourriture, c'est sacré...

CATHERINE. Bien, j'irai t'aider à la mise en train. As-tu visité la basse-cour?...

MARGOT. Oui, not' maîtresse. J'avons huit douzaines d'œufs, frais comme la rosée.

CATHERINE. La moitié pour la maison, l'autre pour la ville, c'est demain jour de marché. Qu'on ne l'oublie pas. Et ce couvert? Voyons, faut l'ôter, et vivement, j'ai mes écritures d'hier en retard. (A Hennebaut.) Vous avez fini, n'est-ce pas, mon père?

HENNEBAUT. Oui, mon enfant, mais ne te donne donc pas tant de mal.

PACOME. Ah! c'est vous qui la retenez maintenant; quand je vous le disais, ne nous vaut-elle pas les quinze cents ou deux mille francs que nous eût rapportés la dot d'une autre.

HENNEBAUT. Bien mieux, que ça, c'est un trésor... nonseulement pour le travail et l'économie, mais encore pour la bonté du cœur.

PACOME. Par ainsi, vous êtes content, vous?

HENNEBAUT. Certainement... Et toi?

PACOME. Moi... parguenne! je serais bien difficile.

HENNEBAUT. Alors tu es heureux!...

PACOME. Mais oui... très-heureux!...

HENNEBAUT. Pacôme! Pacôme!... Bien que je ne sois guères madré sur le chapitre de l'amour, on ne trompe pas les yeux d'un père.

PACOME. Que voulez-vous dire?

HENNEBAUT. Suffit... Je m'entends... Catherine...?

CATHERINE. Mon père?

HENNEBAUT. Viens çà? Repose-toi donc... (Lui prenant le bras.) Tu t'occupes par trop de la ferme, et peut-être pas assez du fermier. Il était à la ville, hier, ce matin en chasse. Il va ce soir à l'affût. Que diable! restez un peu ensemble... Dis donc, Pacôme, approche un peu... Causez un brin... comme une paire d'amis que vous devez être.

PACOME. Et que nous sommes...

CATHERINE. Assurément...

HENNEBAUT, les mettant bras dessus bras dessous. A la bonne heure. Restez, restez ainsi, mes enfants... moi, je vous laisse... (Appelant.) Margot! mon chapeau, mon bâton. Oui, décidément, je m'en vas faire un tour de promenade.

CATHERINE. Prenez garde!

HENNEBAUT. As pas peur. Sais-tu où je vais?

CATHERINE. Sur la grève?

HENNEBAUT. En revenant... mais tout d'abord... chez la pauvre vieille mère Soisy. Elle a été malade en même temps que moi, autant que moi, et n'a rien pour se dorloter durant sa convalescence. L'autre jour, je l'entendais dire avec regret: « Je ne suis pas riche... » Je le suis moi... et m'en vais lui porter une pièce de trente sous.

PACOME. Vraiment?

CATHERINE. Vous, mon père?

MARGOT. Il est toujours malade.

HENNEBAUT. Ça t'étonne, Pacôme? Demande à ta femme, elle t'expliquera ça. Je veux savoir si la charité, c'est vraiment un plaisir... quand tu n'es pas là... pour m'ensorceler... car c'est vrai elle m'ensorcelle; allons, Catherine, tâche donc de l'ensorceller itou, un peu de confiance et de bonne amitié. Allons! allons donc. (Il sort.)

SCÈNE VII

PACOME, CATHERINE,

PACOME. Catherine! oh! mon père l'a bien deviné, vous ne m'aimez pas.

CATHERINE. Moi, Pacôme; vous n'êtes-vous pas mon mari? Avez-vous donc quelque chose à me reprocher?

PACOME. Au contraire, et c'est là précisément ce qui m'enrage! Tu es bonne, parfaite, charmante envers tout le monde... excepté envers moi, ton mari... que tu ne tutoyes même pas. C'est au point qu'un étranger qui passerait, ne voudrait jamais croire que tu es ma femme.

CATHERINE. Voyons, Pacôme, je tâcherai... calme-toi... je tâche.

PACOME. Merci... car je vois bien que c'est à ton cœur défendant... De la résignation, voilà tout. Du reste, ça a commencé dès le premier jour de notre mariage. Tu étais pâle comme une morte... et c'est comme une morte que tu t'es donnée à moi... Dès le lendemain je t'ai vue serrer dans l'armoire tous les bijoux, toutes les choses un peu cossues que je t'avais données, et depuis ce jour-là, même les dimanches, jamais je n'ai pu te décider à les remettre, jamais!

CATHERINE. Je ne vous ai pas apporté de dot... est-il juste que je me pare de si beaux ajustements.

PACOME. Oui!... puisque tu es ma femme... madame Pacôme Hennebaut... la plus riche de tout le pays?!!! Mais vois donc les autres! Une femme se fait brave et réjouissante à l'œil, quand elle est fière de son mari, quand elle veut lui plaire, quand elle l'aime!

CATHERINE. Eh bien, soit! je vous le promets, sitôt la fin de mon deuil.

PACOME. Mais, c'est aujourd'hui même qu'il se termine.

CATHERINE. Un peu de patience encore, mon ami?

PACOME. Dimanche prochain?

CATHERINE. Oui...

PACOME. A la bonne heure! Et ça se trouve à merveille... hier... à la ville... je t'ai acheté ces brimborions. (Il lui donne une boîte.)

CATHERINE. Encore!

PACOME. Regarde donc!

CATHERINE. Oh! les belles boucles d'oreilles... trop belles!

PACOME. Rien n'est trop beau pour toi, ma Catherine. Es-tu contente?

CATHERINE. Et reconnaissante.

PACOME. Alors, à ce pauvre bijou comme à moi, donne-nous donc un sourire.

CATHERINE, souriant. Merci...

PACOME. Enfin!... (Avec effort.) Mais ce n'est pas tout, je t'ai encore apporté. (Il montre une lettre cachetée.)

CATHERINE. Qu'est-ce donc?

PACOME, qui la regarde tristement. Ayant affaire chez mon notaire... par la même occasion, on ne sait pas ni qui vit, ni qui meurt, et parfois maintenant j'aime à chercher le danger... Bref, c'est un écrit par lequel je te donne tout ce que j'ai... mon testament...

CATHERINE, le déchirant. En ma faveur... oh ! mais je ne veux pas.

PACOME. Déchire si tu veux... le double est chez le notaire.

CATHERINE. A quoi bon? si l'un de nous doit mourir jeune, assurément ce n'est pas vous.

PACOME, avec éclat. C'est toi, n'est-ce pas? Tu le désires. Oh! ne t'en défends pas... c'est ton secret espoir... il se lit dans tes yeux,.. oui... tu fais complaisant accueil au noir chagrin qui te mine, tu te laisses dépérir à dessein... déjà tu n'es plus que l'ombre de toi-même... Oh! mais tu es à moi... tu m'appartiens... Je ne veux pas... non, je ne veux pas que tu meures. (Il la serre dans ses bras.)

CATHERINE. Mais, Pacôme...

PACOME. Il faut te distraire de ces idées-là... et tout de suite... Voyons... trouves-tu la maison trop petite ou trop triste, je la ferai raser dès demain et rebâtir à ton goût! Est-ce le pays qui te déplaît, nous irons à Caen, à Paris... hein? je dépenserai de l'argent, beaucoup d'argent, pour que tu recouvres la gaîté de tes vingt ans, pour que tu sois heureuse... Voyons? tout ce que tu voudras! demande-le, parle?

CATHERINE. Mais je ne désire rien, je ne veux rien.

PACOME, avec colère. Rien!... rien!... oh! ce qu'il te faudrait, je le sais bien, va... c'est Jean Simon!

CATHERINE. Simon!

PACOME. Vois plutôt... rien qu'en entendant son nom, voilà déjà les couleurs qui te reviennent... Oh! cet homme, le souvenir de cet homme c'est comme un mur de pierre, c'est comme une barrière de glace entre nous!

CATHERINE, très-émue. Pacôme, c'est mal ce que vous me reprochez là... je ne vous en ai pas donné le droit. Tout le monde sait bien qu'il a dû m'épouser, en tout bien, tout honneur... et que c'est un brave garçon qui se jetterait au feu pour moi.

PACOME. Oh! ne me dites pas cela... ne me dites pas cela !...

CATHERINE. Pourquoi ne dirais-je pas la vérité? Il vous a loyalement tenu parole... il est parti... il est bien loin, sur la mer, en péril peut-être à cette heure... et si jamais il revient au pays...

PACOME. Ici!... lui! et tu le verras... malheureuse.

CATHERINE. Ah!... vous savez bien que vous n'aurez pas à vous en montrer jaloux... et que la femme qui porte maintenant votre nom, que la fille du père Glam sera toujours une honnête femme !

PACOME. Pardon, Catherine, pardon! je suis un brutal, un fou... mais ne m'en veuillez pas si parfois ma nature violente reprend le dessus. Je souffre... oui, je souffre, en voyant que ni mes attentions, ni mon dévoûment, ni mon amour ne parviennent à me gagner votre cœur. Oh! quand je vous ai contrainte à ce mariage, je savais bien que vous ne m'aimiez pas. Mais je me disais : Elle est femme et je suis riche,

jeune, beau, jusqu'alors tout m'avait réussi, tout m'avai cédé... Et puis je l'aimerai tant! Mais non! rien!... rien! Tout d'abord, ça n'a été que du dépit, de la colère... maintenant c'est de la douleur, du désespoir... Je suis bien malheureux... allez! oh! oui, bien malheureux! bien malheureux! (Il pleure.)

CATHERINE, allant à lui. Pacôme, c'est à moi de vous demander pardon... Je ne sais pas mentir, ce n'est pas ma faute, il y a des sentiments, vous le savez, qui ne viennent que petit à petit... Un peu de patience encore... j'y ferai mon possible... oui... je prierai tant qu'un jour peut-être je finirai par vous aimer... par t'aimer...

PACOME. Vrai?

CATHERINE. Parole... Mais plus un mot de cela aujourd'hui... vous savez, c'est l'anniversaire... après ma tournée dans la ferme, je veux aller à l'église... puis au Clos-Pommier.

PACOME. Seule?

CATHERINE. Oui, seule... avec le souvenir bien-aimé de mon père. Du reste, vous... toi, tu as cette chasse à l'affût... A demain donc, mon ami, et bonne espérance.

PACOME. Mais alors, viens donc au moins m'embrasser.

SCÈNE VIII

LES MÊMES, MARGOT.

MARGOT, apportant la soupière. V'là la soupe!

CATHERINE. Quelqu'un !...

PACOME, la serrant dans ses bras. Bah!

CATHERINE, s'éloignant. Oh ! devant le monde !

MARGOT, au fond. Ohé! Blaisot! les autres...

PACOME Ah! Catherine! Catherine, si vous m'aimiez, vous n'y regarderiez pas tant...

CATHERINE. A demain...

MARGOT. Dites donc, noir' maître, si vous voulez fondre vos balles, v'là le feu libre.

PACOME, traversant le théâtre pour sortir de l'autre côté. C'est bon, j'y vais...

SCÈNE IX

MARGOT, BLAISOT, PAYSANNES, PAYSANS.

MARGOT. Eh! arrivez donc ! à la soupe !...

BLAISOT. Présent!... Oh! qué fumet! c'est de la soupe aux choux.

MARGOT. Avec du lard et des pommes de terre...

BLAISOT, faisant tenir sa cuiller toute droite dans son écuelle. Ma passion! et épaisse... ô bonheur (Sa brûlant.) mais trop chaude... aïe... aïe...

MARGOT. V'là ce que c'est, gourmand, que de ne pas attendre que la soupe refroidisse.

BLAISOT. Ouï! Margot, pour nous faire prendre patience, chante nous du moins la ronde de la soupe aux choux, ousque les poëtes ont célébré sa gloire...

MARGOT. Eh! volontiers...

TOUS. Oui, oui... la ronde de la soupe aux choux.

MARGOT.

RONDE.

AIR nouveau de M. Fossey.

La soupe aux choux s'aval' sans qu'on y pense
Sans qu'on y pens' s'aval' le cidre doux.
Entre les deux le cœur d'un homme balance.
Viv' l' cidre et vive la soupe aux choux.

I

La soupe aux choux qui fum' dans la chaudière,
C'est un régal qu'embaum' comme une fleur,
C'est plein de lard et plein de pomm's de terre,
Et chaque Normand la port' dedans son cœur.

REFRAIN.

II

Quand de c' nectar on a plein son écuelle,
Avec sa femme assise à son côté,
A toutes les deux il faut rester fidèle
Et d'l'une à l'autre passer avec gaîté.

REFRAIN.

III

BLAISOT. A ton tour, Margot, écoute pour voir... j'ai aussi composé quelque chose pour toi,

MARGOT. Pour moi?

BLAISOT. Écoute, que je te dis. (Il chante.)

La soupe, Margot, c'est ta parfaite image,
Elle a des yeux qui brill' comme les tiens,
T'es pas moins grasse et t'as meilleur visage,
Et ses appas me brûlent comm' les tiens.

REFRAIN.

SCÈNE X
LES MÊMES, PACOME.

PACOME. Ah çà! vous n'aurez pas bientôt fini de brailler ainsi, vous autres?

MARGOT. Oh! oh!... il n'a pas l'air des plus joviaux, le patron.

BLAISOT, la bouche pleine. On ne chante plus, notr' maître, on mange. Oh! quénectar! mais ça fait chaud.

MARGOT, lui essuyant le front. C'est vrai pourtant que le v'là tout en nage... après ça, faut dire qu'il a rudement travaillé ce matin, mon homme... (Elle l'embrasse.)

BLAISOT. A mon tour... sur la bonne grosse joue... fraîche comme un panier de fraises... et qui sent quasiment aussi bon. (Il l'embrasse.)

PACOME, à part. Il paraît que ça ne leur fait rien à ceux-là qu'il y ait du monde...

BLAISOT. Et puis comme ça sonne... hein! l'autre, s'il vous plaît?

MARGOT. A ton aise! M. le maire et M. le curé l'ont permis. C'est ton droit.

BLAISOT. Mais c'est mon droit aussi d'avoir du lard, et v'là les autres qui vont tout prendre. Oh! l'amour!

MARGOT. Eh! dites donc, les autres! c'est moi que je distribue les portions. Tiens, mon homme, le v'là ton lard.

BLAISOT. Oh! le lard! encore une fameuse régale, et qui pousse à la gaité donc!

PACOME. Ainsi tu es gai, toi?

BLAISOT. Tiens! pourquoi donc que je serais triste? J'ai bien travaillé, je mange bien, il fait beau soleil!

PACOME. Mais sous ce soleil, tu n'as pas un pouce de terre, pas un pommier, pas une vache, rien...

BLAISOT. Pour ce qui est de ça, rien de rien... Ah! si fait, j'ai Margot... qui m'aime et que j'aime...

MARGOT, se frottant contre lui. Câlin, va!

PACOME. Ainsi, vous êtes heureux?

TOUS DEUX. Mais pardine, oui... très-heureux.

PACOME, à part. Heureux! et moi! tonnerre!

BLAISOT. Plaît-il?

PACOME. Allez terminer votre repas dans la grange.

BLAISOT. Ou sur l'herbe! tiens! c'est une idée... à l'ombre de la haie... Et qu'on jouera à la cligne-musette... Encore un plaisir. En avant donc, les amis et gaiment! (Sortie animée sur la reprise du chœur.)

SCÈNE XI
PACOME, puis GERVAIS.

PACOME. Mais qu'est-ce qu'ils ont donc fait, mon Dieu, pour mériter ce contentement du cœur que vous me refusez à moi, qui suis riche... Riche? c'était peut-être là ma part... Eh bien! je préférerais la leur... Oui, leur pauvreté, mon Dieu, mais l'amour de Catherine! Qu'est-ce qu'il a donc de plus que moi, ce Jean Simon, pour être aimé d'elle... car elle l'aime encore, je le vois bien... Elle l'aimera toujours, Jean Simon! s'il revient? > a-t-elle dit... C'est vrai, qu'il peut revenir... Oh! rien que d'y penser... et j'y pense souvent, ma tête en feu se trouble... et mon sang bout dans mes veines!

GERVAIS. Psit! psit! Pacôme!

PACOME. Hein! qui va là? Gervais... Si c'est pour me demander grâce de ton procès-verbal, mauvais braconnier... n'y compte pas.

GERVAIS. Même si je te rendais un service?

PACOME. Un service, toi?

GERVAIS. Par exemple, t'apprendre que Jean Simon...

PACOME. Simon...

GERVAIS. Est de retour depuis hier à Honfleur, et qu'aujourd'hui présentement...

PACOME, regardant à droite. Catherine!... là, dans le verger... attends que je te appelle...

SCÈNE XII
CATHERINE, PACOME.

CATHERINE, traversant le théâtre. Tout est en ordre. (Apercevant Pacôme.) Encore ici?... qu'avez-vous donc?...

PACOME. Moi... rien... je pars... et vous?

CATHERINE. Moi de même... il ne me reste qu'à prendre mon livre de messe.

PACOME, l'arrêtant. Un moment donc... que je vous instruise d'une bonne nouvelle. Ah! vous l'aviez bien deviné... il est de retour.

CATHERINE. Qui?

PACOME, très-railleur. Jean Simon, et riche maintenant... oh! oh! les femmes ne lui manqueront pas.

CATHERINE. Oh! Pacôme!...

PACOME. Est-ce que tu n'iras pas lui faire compliment de sa nouvelle fortune?

CATHERINE. Je le verrai certainement, mais ce ne sera pas pour ce motif.

PACOME, s'emportant. Tu le verras... Simon?

CATHERINE. Et pourquoi ne le reverrais-je pas? il a toujours été bon pour nous... c'est pour moi comme un frère. Si je ne le voyais pas, il serait en droit de m'accuser d'ingratitude.

PACOME. Tu n'iras pas, je te le défends.

CATHERINE. Si vous avez quelque chose de juste contre moi... dites-le... je verrai à réparer mes torts... mais quant à m'empêcher de faire ce que ma conscience me commande, n'y comptez pas.

PACOME. Je te le défends, te dis-je! (Il lui saisit le bras.)

CATHERINE. Inutile!

PACOME. Je te le défends! (La reprenant avec violence.)

CATHERINE. Vous me faites mal.

PACOME. Oh!

CATHERINE, relevant sa manche pour montrer son bras meurtri. Je ne le chercherai point; mais si nous nous rencontrons par hasard, et qu'il m'accuse d'ingratitude, je n'aurai pas besoin de lui dire que je n'ai cédé qu'à la contrainte, il le verra bien à présent. (Mouvement de Pacôme vers Catherine qui l'arrête du geste, et sort lentement.)

SCÈNE XIII
PACOME, GERVAIS.

PACOME. C'est donc la guerre, eh bien, soit! Gervais?... où est-il?

GERVAIS. Le procès-verbal sera déchiré.

PACOME. Oui, parle?...

GERVAIS. Tout à l'heure, malgré le gros temps qu'il fait en mer, je l'ai vu amarrer sa barque dans la crique aux roches noires.

PACOME. Après?

GERVAIS. On me rendra mon fusil?

PACOME. Oui, mais parle donc... ou est-il maintenant?

GERVAIS. Au Clos-Pommier!

PACOME. Au Clos-Pommier... elle le savait. (Prêtant l'oreille du côté où revient Catherine.) Va-t'en, c'est convenu... va-t'en.

SCÈNE XIV
PACOME, CATHERINE.

PACOME, cherchant à retrouver un souvenir. Au Clos-Pommier? (A Catherine qui traverse le théâtre.) Où allez-vous?

CATHERINE, continuant son chemin. Vous le savez bien, au Clos-Pommier.

PACOME, à part. Un rendez-vous.

CATHERINE, se retournant. Mais tout d'abord à l'église... et comme il ne faut pas apporter de la rancune dans la maison de Dieu, voici ma main, Pacôme.

PACOME, surpris. Votre main?

CATHERINE. Oui, ça vous étonne...

PACOME. Non. Allez... allez... (Catherine remonte.) Et sa main n'a pas tremblé dans la mienne. La misérable!... comme elle sait bien me tromper! (Catherine se retourne avant de disparaître et fait à Pacôme un salut d'adieu que celui-ci lui rend.) Oh! par la traverse, j'y serai avant elle... (Prenant son fusil.) Et si je le trouve là-bas... malheur à lui... malheur!

ACTE QUATRIÈME
AU CLOS-POMMIER

Une cour normande. — A droite, la maison close, avec un pan en retour et volet praticable, face au public. — A gauche et au fond, la haie, exhaussée au deuxième plan par un mouvement de terrain. — Au fond, la barrière. — Pommiers, sol herbu. — C'est le soir. — On entend par intervalle de violentes rafales et le bruit de la mer, qui se brise à quelques pas de là, au pied de la falaise.

SCÈNE PREMIÈRE

SIMON, seul. Il est debout devant la barrière et regarde tout à l'entour. Non... personne encore... et cependant quelque chose me le dit... elle viendra... j'attendrai... (Après un temps.) Pauvre clos désert... pauvre maison vide. Ah ! quelle riante existence j'avais rêvée ici ..avec elle... avec le père Glam... Heureux père Glam!... il est parti pour un monde meilleur... Voilà juste une année de cela... elle ne peut manquer de venir... elle viendra... Si l'on m'a dit vrai, si je juge son cœur d'après le mien, l'avenir peut encore être à nous... Si mon espoir est déçu, si elle aime cet homme... eh bien... je ne l'aurai même pas compromise, je m'en irai par la mer, comme par la mer je suis venu... c'est un chemin sur lequel je suis certain de n'être rencontré par personne... aujourd'hui surtout... elle est furieuse la mer !... et qu'importe! si je dois m'en retourner seul, si Catherine est décidément perdue pour moi...Ah! rien qu'à cette pensée, mon cœur se brise et les larmes m'étouffent!... Comme je l'aime encore.., Oh ! Catherine! Catherine! (Il tombe sur un banc derrière un arbre qui le masque un moment.)

SCÈNE II

SIMON, PACOME.

PACOME, Il entre furtivement et regarde de tous côtés, le fusil à la main. Il n'y est pas... Est-ce que Gervais se serait joué de moi ?... (Coup de vent, Simon redescend en scène.) Non! le voilà !

SIMON. Comme il vente... mon canot pourra-t-il tenir dans les roches lorsque la mer va monter. (Allant regarder par-dessus la baie.) Elle monte déjà... il faut que je retourne l'amarrer plus haut. Personne sur la plage... Allons... (Il va pour enjamber la baie.)

PACOME, avec un mouvement pour le coucher en joue. Oh ! tu ne m'échapperas pas!

SIMON, se retournant. Mais je reviendrai tout à l'heure... oh ! oui, je reviendrai !

SCÈNE III

PACOME, seul. Soit... c'est devant elle que je veux le tuer... sous ses yeux... et si elle ose le pleurer... elle aussi... mon après..., j'ai trois balles .. (Indiquant la maison.) C'est de là peut-être que je pourrai mieux les voir et les entendre. D'ailleurs, il sera toujours temps de changer d'affût... et l'herbe amortit le bruit des pas.. Voyons?... la porte a déjà des trous assez grands pour y passer le canon de mon fusil...

CATHERINE, dehors. Merci. Merci... merci...

PACOME C'est elle! du courage, Pacôme, du courage. (Il se glisse dans la maison, dont il referme doucement la porte.)

SCÈNE IV

CATHERINE, ROQUEBERT.

ROQUEBERT. Appuyez-vous sur moi... la montée est rude... et je me suis trouvé là fort heureusement.

CATHERINE. Oh ! je suis plus forte qu'on ne le pense, allez !

ROQUEBERT. Je le suis... mais j'ai un bras c'est toujours bon à quelque chose. (Pacôme entr'ouvre le volet qui fait face au public, léger bruit.)

CATHERINE. Avez-vous entendu ?

ROQUEBERT. Oui, quelque branche morte que le vent a eu la chose de casser.

CATHERINE. Je ne sais... mais à chaque pas, il me semble que j'entends, que je vois mon père.

ROQUEBERT. Est-ce donc la première fois que vous revenez au Clos-Pommier ?

CATHERINE. Non, j'y suis revenue bien souvent... J'y ai passé de longues heures, avec sa chère ombre... Je lui contais mes chagrins... il m'en consolait... nous causions ensemble... comme autrefois.

ROQUEBERT. Ah ! c'était un digne homme... J'étais aussi fier de son amitié quand mes galons.

CATHERINE. Oui, vous étiez l'ami de ses plus mauvais jours... les derniers... alors qu'il était resté seul ici.

ROQUEBERT. Et c'est alors qu'il se mit à maudire son imprévoyance... et lui qui n'avait jamais regardé à l'argent, il se mit à économiser les petits sous qu'il gagnait et ne s'épargnant pas plus qu'un tambour qui bat sa caisse. Son ambition était de rembourser les Bennebaut... Par malheur, le bon Dieu ne lui accorda que six mois, durant lesquels il eut tout juste le temps d'amasser...

CATHERINE , montrant un sachet pendu à son cou. Ces quelques louis d'or que j'ai cousus dans ce sachet, et que je porte à mon cou comme une sainte relique. Ah ! mes bijoux, les voilà... Je ne les montre pas, mais j'en suis heureuse et fière, car ils me parlent encore de vous, et de votre affection, mon père bien-aimé!... mon loyal et bon père ! (Elle embrasse le sachet en pleurant.)

ROQUEBERT. Catherine, ne restez pas seule ici...ces souve nirs finiraient par vous rendre malade.

CATHERINE. Au contraire... ils me donnent le courage de vivre et de faire mon devoir.

ROQUEBERT. Possible... mais voici la brune... Il fait grand frais et grand vent... Écoutez plutôt... Voyons, voulez-vous que je vous reconduise.

CATHERINE. Là-bas ?

ROQUEBERT. Oui !

CATHERINE. Pas avant une heure.

ROQUEBERT. Dans une heure, soit. C'est juste ce qu'il me faut pour terminer ma tournée réglementaire... Je viendrai vous prendre en passant, est-ce convenu ?

CATHERINE. C'est convenu, merci !

ROQUEBERT. A bientôt donc. (Catherine le reconduit.) Soyez ferme au poste et ne pleurez pas trop.

CATHERINE. Je vous le promets...

SCÈNE V

CATHERINE, SIMON, PACOME, caché.

PACOME, entrebâillant le volet. Je n'entends plus rien... (Apercevant Simon qui revient vers la baie.) Lui... pas encore; mais s'ils me trompent ils sont morts tous les deux. (Catherine redescend s'agenouiller devant la maison, et semble prier le front dans ses mains. Simon s'approche lentement, et finit par lui toucher l'épaule.)

SIMON. Catherine !

CATHERINE. Simon ! (Après un mouvement vers lui, elle recule en chancelant et tombe assise.)

SIMON. Vous ne vous attendiez pas à me voir, Catherine... et cependant quelque chose aurait dû vous dire que je reviendrais.

CATHERINE, lui prenant la main. Vous... c'est bien vous que je vois... et vivant... Ah ! Dieu est bon !

SIMON. Et tel je suis parti, tel je reviens !... Ce cœur qui est tout à vous n'a pas changé... mais je ne suis pas venu pour faire couler vos larmes, Catherine... moi seul, j'ai le droit de pleurer... Je suis venu pour savoir si la promesse donnée par un autre a été tenue... Moi, j'ai fidèlement rempli la mienne... Catherine, êtes-vous heureuse ?

CATHERINE. Heureuse !

SIMON. Écoutez-moi, Catherine.. j'ai vécu longtemps éloigné de vous, j'ai mis l'Océan entre ce coin de terre où je vous ai connue et mon cœur... mais si quelque chose m'a donné la force d'accomplir ce sacrifice, c'est la pensée que, du moins, il avait assuré votre bonheur... Votre image m'a suivi partout; elle m'a soutenu dans toutes mes épreuves. Quand le vent soufflait avec furie.. je me disais : Elle est tranquille... elle a un toit... une famille... un mari... et je luttais bravement. Quand la tempête soulevait les flots et menaçait de nous engloutir... « Elle sourit, » pensais-je... et peut-être qu'à cette heure elle ne regrette plus rien.

CATHERINE. Rien !... (Avec effort.) Oui, rien!

SIMON. J'espérais au moins que vous aviez le contentement, le calme. Et voilà pourquoi je me raidissais contre la tempête, contre la mort. Mais si vous voulez que mon courage ne faiblisse pas, que je vive .. Il faut que je remporte l'assurance que, de cet espoir, Pacôme a fait une réalité.

CATHERINE. Pacôme !...

SIMON. Ah ! le mal qu'il m'a fait, nul ne le soupçonnera jamais... Vous-même vous ne savez pas tout... Cependant, je puis tout lui pardonner, à une condition... Êtes-vous heureuse, Catherine!

CATHERINE, avec effort. Et pourquoi ne le serais-je pas?... Pacôme m'aime aujourd'hui comme au premier jour... il ne sait qu'inventer pour me témoigner sa tendresse.... mes désirs sont prévenus avant d'être exprimés... Ce matin encore il m'apportait des bijoux achetés à la ville... Si vous me voyez si tristement vêtue, c'est que je suis en deuil de mon père... Ah ! je le pleurerai toujours.

SIMON. Moi de même, Catherine... il y a longtemps que sa mort m'est connue. La nouvelle m'en est arrivée là-bas... Un ami, que j'avais laissé au pays, m'informait de tout ce qui pouvait intéresser mon cœur... J'ai su par lui qu'on vous voyait toujours pâle et triste... Il ajoutait que Pacôme se montrait encore comme autrefois violent, dur, emporté... Je suis venu... à Cherbourg, à Honfleur, les mêmes choses m'ont été dites... Oh!... vous ne saurez jamais ce qui s'est passé en moi... Avoir tout perdu et vous savoir malheureuse!... Je me suis souvenu que c'est aujourd'hui l'anniversaire du jour où votre père est mort... J'ai pensé que dans cette maison, où le respect et votre piété vous ramèneraient, vous me diriez la vérité.

CATHERINE, troublée. Je l'ai dite...

SIMON. Alors, pourquoi pleurez-vous... pourquoi cette pâleur?... Catherine, vous ne me dites pas tout. (Il lui saisit la main.)

CATHERINE, qui pousse un cri. Ah !

SIMON, la retenant. Je vous ai fait mal... moi... (Il relève la manche de Catherine.) Ces marques, vos chairs meurtries.., ce doit être par la main de Pacôme... Et vous dites que vous êtes heureuse... Oh ! la misérable...

CATHERINE. Taisez-vous, c'est mon mari...

SIMON. Et que m'importe à moi, puisqu'il a trahi sa promesse, je ne lui dois plus rien... non rien... Catherine, je vous aime !

CATHERINE. Ah ! taisez-vous, Simon. Éloignez-vous. Je ne m'appartiens plus.

SIMON. Soit... mais c'est à moi que vous appartenez... de par le souvenir, de par l'amour. Car je viens de le lire dans vos yeux... Catherine, vous m'aimez encore.

CATHERINE. Je l'avoue! Mais au-dessus de l'amour, au-dessus du bonheur, il y a le devoir,..j'y veux rester fidèle... et vous-même, Simon, vous avez promis, vous avez juré...

SIMON. Sous condition que vous seriez heureuse... Or, vous ne l'êtes pas, et je me regarde comme dégagé de mon serment.

CATHERINE. Moi, dussé-je en mourir, je continuerai de faire honneur au mien. Devant les hommes comme devant Dieu, je suis la femme de Pacôme.

SIMON. Sa femme méconnue, brutalisée...

CATHERINE. Oui...

SIMON. Sa femme malgré vous, malgré votre cœur...

CATHERINE. Oui...

SIMON. Sa femme que le chagrin dévore, que le désespoir tue !

CATHERINE. Oui... oui... mais sa femme ! sa femme...

SIMON. Catherine, je ne puis vous laisser souffrir et périr ainsi. (Léger bruit dans la maison.)

CATHERINE. Partez! mon ami, on pourrait venir et je serais perdue d'honneur, partez.

SIMON. Soit ! mais avant de nous quitter, et cette fois pour toujours, plus qu'une question, plus qu'un mot... Si je vous prouvais que cet homme s'est rendu coupable d'un odieux subterfuge... qu'il nous a trompés... indignement trompés tous les deux.

CATHERINE. Que voulez-vous dire?

SIMON. Vous allez le savoir... En débarquant à Cherbourg, je me suis rendu chez le notaire qui m'a remis mon héritage... et là... sur son registre... j'ai copié cette lettre qu'il avait adressée ici... l'avant-veille de mon départ.

CATHERINE. Après! après!

SIMON. Lisez ! A M. Hennebaut, adjoint au maire de Dives.

CATHERINE. C'est vrai...

SIMON. Or, Pacôme a soustrait cette lettre.

CATHERINE. Lui !...

SIMON. Il a menti ! menti lâchement! Ce bonheur, qui eût été mon partage, il me l'a volé... oui... volé... et c'est à cet homme, qui s'est emparé de vous par ruse et par violence, que vous voulez vous dévouer ainsi... tandis que moi, je souffre, je suis seul... Catherine, est-ce juste... est-ce possible?...

CATHERINE. Ah! malheureuse!

SIMON. Je suis riche aussi maintenant... Une barque est cachée parmi les roches... Fuyons... oh! Catherine, si vous saviez comme je vous aime !... Personne ne connaît mon retour. Personne ne saura ce que vous êtes devenue... Fuyons, sans laisser de trace, à l'autre bout du monde... et là... dans quelque coin tous les deux, ensemble, ainsi que nous l'avions rêvé...

CATHERINE, entraînée. Ne me tentez pas, Simon, ne me tentez pas !

SIMON. Ce serait la vie! ce serait le bonheur!

CATHERINE. Oui... oui... le bonheur...

SIMON. Viens donc, Catherine... viens... (L'Angelus sonne.)

CATHERINE. Écoutez, l'Angelus... l'heure où mon père est mort... Sa voix me parle par cette cloche... elle me défend de manquer à l'honneur... Non... non... Simon, jamais, jamais !

SIMON. Catherine!

CATHERINE. Va-t'en, malheureux; mais emporte du moins cette consolation que je suis heureuse de t'avoir revu... que je t'aime encore... que je t'aimerai toujours... (Elle lui prend la tête à deux mains et l'embrasse au front.) Tiens !... mais va-t'en ! va-t'en.

SIMON, éperdu. Adieu donc, Catherine, je pars... (Coup de vent, éclair et tonnerre. La nuit est venue.) La mer est dangereuse...

Voici la tempête, et ces dangers, puisque vous ne les partagez pas, je vais m'y livrer sans défense ! Adieu !

SCÈNE VI
CATHERINE, PACOME.

CATHERINE. Ah! le malheureux... il veut mourir... (Elle va pour le suivre en chancelant. Pacôme se dresse tout à coup devant elle.) Pacôme!

PACOME. Oui... j'étais là !...

CATHERINE. Pourquoi ?

PACOME, montrant son fusil. Pour le tuer !

CATHERINE. Ah!

PACOME. J'ai tout entendu. (S'agenouillant.) Pardonnez-moi, Catherine...

CATHERINE. Mais...

PACOME. Pardonnez-moi mes brutalités, ma jalousie, mon mensonge, mon crime!... Oh! si vous saviez combien j'en ai honte à présent, quel est mon repentir, et comme moi aussi, à mon tour, je voudrais pouvoir m'immoler à votre repos, à votre bonheur! Vous avez eu la vertu de rester... merci... Bien plus encore que ne l'eût fait votre abandon, cette vertu-là vous venge... Devant elle j'humilie mon orgueil, et c'est à vos pieds, avec des larmes plein les yeux, des remords et du dévoûment plein le cœur, que je vous le dis : Pardonnez-moi, Catherine, oh! pardonnez-moi !

CATHERINE. Oui, je vous pardonne Pacôme, je ne me souviendrai plus que de ma promesse, croyez-le, mon ami, mais entendez-vous?

PACOME. Ces cris... c'est Simon qui s'embarque malgré les pêcheurs. Il est perdu ! (Comme frappé d'une inspiration soudaine.) Oh! peut-être!

CATHERINE. Que dites-vous?

PACOME. Que c'est Dieu qui m'offre enfin ma revanche. Si vous ne m'aimez pas, Catherine, je saurai du moins vous contraindre à m'estimer... Il est faible... mais je suis fort... Il veut mourir, mais je veux qu'il vive... Ou nous périrons tous les deux, ou bien je le sauverai, je le sauverai ! (Il saute par-dessus la haie et disparaît.)

CATHERINE. Seigneur ! protégez-les.

ACTE CINQUIÈME

Dunes de sable et roches formant la grève. — Au fond la mer. — Ciel orageux, fréquents éclairs. — Çà et là, des paysannes portent des torches. — L'une d'elles auprès de Catherine agenouillée.

SCÈNE PREMIÈRE
CATHERINE, BLAISOT, ROQUEBERT.

ROQUEBERT. Par ici... par ici... courage !

CATHERINE. Qu'y a-t-il? Ah! voici Blaisot... Eh bien...

BLAISOT. Je ne sais pas... J'ai couru... mais sans rien apprendre, ni rien distinguer... il fait si noir... (Éclairs.) Ah! là-bas, dans le flot, parmi les vagues... des hommes... une barque...

CATHERINE. Mon Dieu ! Sainte Vierge ! exaucez-moi !

SCÈNE II
LES MÊMES, HENNEBAUT.

HENNEBAUT. Quelle bourrasque! je ne me rappelle point avoir vu la pareille...

CATHERINE. Son père ! oh ! qu'il ne soupçonne pas...

HENNEBAUT. Tiens! toi ici, Catherine.

CATHERINE, cherchant à détourner son attention. Mais vous-même, mon père, d'où venez-vous?

HENNEBAUT. De chez cette pauvre mère Soisy... Décidément c'est une bonne et douce chose que la charité... d'autant plus qu'on dit que ça porte bonheur!

CATHERINE, à part et regardant la mer. Oh! faites, mon Dieu! qu'il en soit ainsi.

HENNEBAUT. Hein! plaît-il? (Cris se rapprochant.) Mais que se passe-t-il donc?

CATHERINE. Rien!

VOIX DIVERSES. Pacôme, Pacôme!

HENNEBAUT. Le nom de mon fils, il est donc par là...

CATHERINE. Oui...

HENNEBAUT. En mer et par un pareil temps. Ah! le malheureux!

SCÈNE III

Les Mêmes, BLAISOT.

BLAISOT. Les voilà! les voilà!

CATHERINE. Tous les deux?

BLAISOT. Tous les deux... et paraîtrait même que pour sauver Jean Simon...

HENNEBAUT. Son rival...

CATHERINE. Oui...

BLAISOT. Maître Pacôme s'est conduit bien bravement... comme un lion...

CATHERINE. Mieux encore... comme le plus généreux des hommes, et j'en suis fière...

HENNEBAUT. Mais expliquez-moi donc... (Catherine lui parle bas.)

BLAISOT, qui est remonté au fond. Ah!

CATHERINE. Qu'est-ce donc? ils ne sont pas encore sauvés?

UN MATELOT. Non. Le flot les emporte...

SCÈNE IV

Les Mêmes, ROQUEBERT.

HENNEBAUT. Mes amis! mes bons amis! c'est mon fils... c'est Pacôme... A qui le sauvera, je donnerai de l'or... un champ... une maison... tout... Par pitié, courez... courez...

BLAISOT. On ne voit plus rien...

ROQUEBERT. Si quelqu'un n'arrive pas à la pointe, avec une torche pourleur servir de phare, ils sont perdus!

HENNEBAUT. Une torche!... une torche... j'irai moi... (Il prend une torche et marche.) Ah! je ne peux pas! je ne peux pas! (Il tombe.) Mon fils!... mon pauvre fils...

CATHERINE. Eh bien moi... alors, je suis la femme de Pacôme... c'est à moi de le sauver... (Elle s'élance au fond du théâtre sur les rochers.)

TOUS. Dieu!... (On tombe à genoux.)

HENNEBAUT. Sainte Vierge... veillez sur elle...

UN MATELOT. Ils l'ont vue. Voyez... voyez... le canot évite l'écueil...

ROQUEBERT. Ils approchent.

HENNEBAUT. Tous les deux?

BLAISOT. Oui, seulement il y en a un qui semble évanoui, peut-être même...

CATHERINE. Lequel?...

HENNEBAUT. Lequel... O mon Dieu!

VOIX DIVERSES. Pacôme! vive Pacôme.

SCÈNE V

Les Mêmes, PACOME, SIMON.

(Paysans et pêcheurs portant des torches.)

LES PAYSANS. Place! place! vive Pacôme!

PACOME, portant dans ses bras Simon évanoui. Catherine... j'ai tenu ma parole... le voici... je vous lerapporte...

HENNEBAUT. Bien, mon fils!

CATHERINE. Bien, Pacôme!

PACOME. Mais avant tout des soins...

ROQUEBERT, en écartant Catherine. Laissez, ça nous regarde. (Pacôme a déposé Simon vers la droite. Roquebert et les paysans l'entourent.)

HENNEBAUT, embrassant son fils. Mais toi, Pacôme, toi!

PACOME. Pas la moindre avarie... Rassurez-vous... Bien de rien... Mais ça n'a pas été sans peine; au milieu des récifs que battait une mer furieuse, j'ai dû replonger par trois fois... Enfin je suis parvenu à le retrouver, à le saisir, à le faire passer dans mon canot, où, non sans peine, sans des efforts inouïs, je suis remonté moi-même; mais il fallait revenir et je ne savais plus où j'allais. Mais la torche brille. Je te vois Catherine, et ta vue me donne du courage, en même temps que la flamme me guidait... Et puis Simon était là couché à mes pieds et je ne voulais pas qu'il mourût, car, ainsi que je vous l'avais promis, Catherine... je voulais le sauver... ou mourir avec lui. Ah! c'est bon de sauver un homme!

CATHERINE. Oui, Pacôme! Dieu et votre femme vous voyaient.

BLAISOT, au milieu du groupe qui l'entoure. Ah! Pauvre Simon!

TOUS. Blessé!...

BLAISOT. Oui... mortellement... Sa tête aura porté sur une roche... et...

TOUS. Grand Dieu!

ROQUEBERT. Il se ranime, il rouvre les yeux...

SIMON, qui regarde longuement autour de lui. Catherine... Pacôme... (Il lui tend la main.) Adieu!...

PACOME. Non... non... nous te sauverons.

SIMON. Impossible!... pour qu'elle fût heureuse! il fallait la mort de l'un de nous... Dieu m'a choisi... Je meurs content... Votre main, Pacôme, la vôtre, Catherine, les morts ne sont pas jaloux... Adieu! (Il unit les mains et tombe.)

CATHERINE, se reculant d'effroi. Mort! Oh! Simon!... Simon!

PACOME, lui tendant les bras. Sur mon cœur, Catherine... c'est là qu'il vous faut maintenant le pleurer!...

EN VENTE

CHEZ MICHEL LÉVY FRÈRES, LIBRAIRES-ÉDITEURS

Rue Vivienne, 2 *bis*, et boulevard des Italiens, 15

A LA LIBRAIRIE NOUVELLE

THÉÂTRE CONTEMPORAIN ILLUSTRÉ

A 20 CENTIMES CHAQUE PIÈCE. — 1 FRANC LA SÉRIE BROCHÉE DE CINQ PIÈCES

NOUVEAUTÉS DES MOIS DE MARS A JUIN 1865

Imprimerie L. TOINON et Cie, à Saint-Germain.

www.ingramcontent.com/pod-product-compliance
Lightning Source LLC
Chambersburg PA
CBHW061530170626
46811CB00004B/1913